U0645931

中国当代
原创文学

傅菲·饶北河系列

木与刀

MU YU DAO

傅菲 著

GUANGXI NORMAL UNIVERSITY PRESS
广西师范大学出版社
·桂林·

图书在版编目（CIP）数据

木与刀 / 傅菲著. —桂林：广西师范大学出版社，2019.1
（中国当代原创文学）
ISBN 978-7-5598-1338-1

Ⅰ. ①木… Ⅱ. ①傅… Ⅲ. ①散文集－中国－当代 Ⅳ. ①I267

中国版本图书馆 CIP 数据核字（2018）第 248171 号

广西师范大学出版社出版发行
（广西桂林市五里店路 9 号　邮政编码：541004
网址：http://www.bbtpress.com）
出版人：张艺兵
全国新华书店经销
衡阳顺地印务有限公司印刷
（湖南省衡阳市雁峰区园艺村 9 号　邮政编码：421008）
开本：880 mm × 1 240 mm　1/32
印张：6.75　字数：160 千字
2019 年 1 月第 1 版　2019 年 1 月第 1 次印刷
定价：38.00 元

目　录

墨离师傅

“去把我木箱拿来。”墨离师傅靠在米糠枕头上，手在草席上抓来抓去。不知道他要抓什么。我父亲握住他的手，告慰似的说：“我去拿木箱。”墨离师傅睁了一下眼，浑浊的白黄液体从眼角滑下来，他的双唇轻轻地翕动：“木箱我要带走。”他侧过头，耷拉下去，再也没了声响。

“手凉了。去准备后事吧。”父亲抽出手，说，“走得还算安静。”烂脚师傅从一个小提箱里，摸出一把推剪，把墨离师傅的头抱在大腿上，慢慢推。头发油垢沾着灰尘，一绺一绺地落在一张黄表纸上。烂脚师傅对海佛说：“你要不要把这些头发包起来，做些念想呢？”

海佛正在抱老人的旧衣物去烧，回答说：“没什么好留的，一起烧了吧。”海佛是墨离师傅的孙子，转过身，问我父亲：“老叔，要不要今天去请个地仙来，后面的事也好安排？”父亲说，叫三铳先生吧，他是个老地仙。

“要不要请打沙丁呢？”父亲又补了一句。

“打沙丁一场，要好几百呢，算了吧。”

月照中天了，父亲才回到家里。我问：“后事料理差不多了？”父亲嗯了一声，不再说话了。我拉了两把椅子出来，摆在院子里陪父亲坐。“你去端半碗酒来，喝几嘴去去腥气。”父亲仰着头，自言自语，“再长的一生也走完了，再难的一生也走完了，每一个人，都有最后的一天。这一天是最难走的一天，这一天太长了。”父亲已到耄耋之年，他的想法，不是我所能体会的。“墨离师傅是我们弄堂里第一个过九十岁的人，最苦的一个人，也是最长寿的一个人。”父亲摸摸口袋，掏出一支烟，说，“老人上山的时候，你也去送送。”

脸上罩一个骷髅面具，戴一顶莲花帽，穿一双草鞋，一根圆木棍在地上笃笃笃，喉咙里发出山洪暴发一样的声音，干瘦高大的身材披一件豹皮，像个赶鸟的稻草人。这就是墨离师傅。他在厅堂唱鬼歌，在社庙做鬼戏，在三岔路口的晒场跳鬼舞，是我自小常见的。他每次跳鬼舞，小孩哄堂大笑，大人也哄堂大笑。他的孙子海佛，和我差不多大，我们在学校也起哄他：“你去做鬼戏呀，我们可以免费看。”海佛便翻出眼白，恶狠狠地瞪眼。我也常被海佛吓得号啕大哭。我一个人在厅堂写作业，半开半掩的大门，突然露出一张丑陋无比的骷髅脸，我把笔一扔，大叫：“鬼呀，鬼来了。”父亲嘿嘿笑起来，说：“哪来的鬼呀。”有时我躺在床上，一张骷髅脸扔在我脸上，我又是狗跳圈一样吓得团团转。

之前，村里没人会做鬼戏。信江流域作兴饶河戏和串堂班。有一年，村里来了鬼戏班，做了三夜的戏。戏班走了，墨离跟着戏班走了。墨离才十三岁。弄堂里，有人说，走得好，他父母少了一件烦心事。墨离胆小，有些痴痴呆呆，讨父母嫌，弱不禁风，难成人。他是吓傻的。灵山方圆几十公里，革命闹得很厉害。郑坊是饶北河两岸最大的镇，街上熙熙攘攘，商铺酒肆戏楼茶坊，一家连着一家。革命志士常在这一带活动，发动群众反抗国民政府。国民政府军加强了在郑坊的驻军。一日，墨离随父母去镇上买布，太阳快下山了，墨离吵着想吃面。面馆在街头，他们坐在二楼吃面。这时，一个军官，也来吃面。二楼的人，见了军官都站起来敬礼。墨离才八岁，低着头，吃得津津有味。军官走过来，一把抓起墨离的后衣领，说，这么没礼貌，见了长官也不敬礼。说完，把墨离扔向楼梯口。墨离从楼梯口咕咚咕咚滚了下来。伤是没伤着，可人变得像只老鼠，走路拉着父母的衣角，看人的眼睛都是躲闪的。

这个人，似乎从来不曾存在过，只有他的父母偶尔会想起，那个痴痴呆呆的儿子，去了哪里？是不是还活着？直到他的父母离世，也没再看到过这个儿子。到了一九五〇年，墨离回到了村子里，带回了一个女人。弄堂里的人，都不认识他了。他的口音也改了，夹杂着徽州话。后来村里人渐渐知道，他的女人曾经在徽州一家名叫“迎春楼”的风月楼，做过风尘女子，年龄比墨离还大两岁，是个皖北人，叫李小白。小白不是个有姿色的女人，肩宽身子短，鼻梁也有些塌，但酒量好，常把客人灌得醉醺醺的。徽州解放，小白没了去处，便在皖南一带浪迹，也常常吃了上顿没下顿。有一天，墨离去一个叫呈坎的地方，做鬼戏，在茶寮歇脚的时候，看见一个女人，背一个包袱，坐在茶寮外的稻草堆上，女人看着大家吃烤番薯，眼睛一动不动。墨离抛了一个番薯给她。她皮也不剥，掰开就往嘴巴里拼命塞。

吃了番薯，女人走了过来，对墨离说："我叫李小白，想跟你走，你要不要带我走？"就这样，李小白成了墨离的女人。后来，墨离才知道，李小白在休宁的溪口，遇上了山贼，不多的钱财被洗劫一空。

在枫林没生活几年，李小白又走了。去了哪里，谁也不知道。一个曾经的风尘女子，在村里，遭人白眼，也没人和她说话。墨离一个人住在矮矮的瓦房里，每天晚上唱鬼戏。弄堂里的人天天晚上去听，围在墨离的厅堂里，看热闹。听了半个月后便没人去了。大家不知道墨离在唱什么，在跳什么。早起，洗米的妇人问拎水的妇人："昨晚，你怎么没去看猴戏啊。""看看就那两下子，猴戏还是没有串堂班看得来事。"拎水的人说。

小孩不敢去看，一个人罩着骷髅的面具，豹皮或猴皮或山羊皮披在身上，像个山鬼。有几个老人喜欢看，说，这是骷髅戏，捉鬼很厉害。村里有人生病，鬼附身，便请墨离去捉鬼。墨离说，捉鬼得请道士，做个道场，请人降童子，我哪会捉鬼呢？

人是个奇怪的东西。一个人，会派生出两个完全不同的人。墨离一副愁眉苦脸的模样，三十岁不到，满脸刀刻的皱纹，浑身软绵绵的,走路贴着墙边,生怕撞着别人,不怎么说话,即使说几句,也是口齿不清,声音低得只有自己听见。他做鬼戏的时候,声若钟鼎撞击之洪亮,手舞足蹈,气势如雄狮如云豹,敏捷如猕猴如山麂,身姿如瀑云流泻如风卷秋叶。

弄堂里的人见墨离做鳏夫好几年了,有好心的长者劝他:“这样下去也不是个事,你得讨个老婆,有口热粥热菜吃,睡个觉也有人一起暖脚。”墨离看看自己的瓦房,说:“除了一张床一个锅,我什么都没有呀,钵头还是破了口的。”村里有个寡妇,叫棉花,没小孩,有人给墨离出主意,找个媒人去说个亲。墨离是个不怎么出门的人,即使和生产队的人一起做工,他也是干了事不问事的人,棉花是谁他也不知道。媒人去了,棉花倒也同意,说:“我一个送了男人上山的人,还有什么可挑选的。”也有人给墨离打碎嘴:“棉花不是个善事的人,性格有些强悍蛮横,一辈子会把你踩在脚板底下,抬不了头。”

碎嘴归碎嘴,寡妇棉花还是进了墨离的门。棉花厚肩膀,大肥臀,是个干活的好手。两人一起出工下地,一起去挑沙修建水库,一起摘油茶籽。生产队分了六个生产小组,出工的时候,由组长带着,铲田埂栽秧耙田打虫收稻摘西瓜。饶北河边,田多地肥,收割稻子的景象,甚是火热繁忙。机耕道上,平板车一辆接一辆地拉谷子。挑谷子的人,走在田埂道上,扁担颤悠悠。种田人要有好体力,耐耗耐饥,腰板要结实,能挑能背。墨离既没好体力,腰板也不结实,干不了重体力活,打不了稻禾桶挑不上露水谷,只能做下手活,割稻子拉板车。干不了重体力活的人工分低，分粮也少，在生产队里地位也不高。队员休息的时候，男人扒女人的裤子，女人也扒男人的裤子，男人把泥巴抹在女人乳房上，女人也把泥巴塞进男人裤裆里，乱哄哄地取闹。也有人叫："墨离，跳个猴子舞。"啪啪啪……队员鼓掌。墨离站起来，满脸通红，说："我不会跳猴子舞，我跳的不是猴子舞。"

"管它叫什么舞，你跳一个。"有人起哄。有人把稻草编成帽子，编成稻草衣，给墨离穿戴起来。墨离窘迫地站在那儿，看看这个人看看那个人，手足无措。组长五十多岁，叫田根，半边脸长了五个葡萄一样的肉瘤，落了绰号"葡萄"。葡萄说："你不跳，我就给你降工分。"墨离看看棉花，棉花肿胀着脸，说："跳吧，都自己队里的人，寻个开心。"

每次割稻子，队员都要墨离跳。墨离跳得很别扭。墨离对组长说，他不割稻子了，去守仓库。田根说，哪有劳力去守仓库的，拐子老七还来割稻子呢。棉花几次对墨离说："以后你在家里别唱戏了，唱得我心烦，你一唱起来，就觉得是和一个鬼生活在一起。"

"我不唱，我受不了，就像生大病一样难受。"墨离说。

"你唱可以，别在家里唱，别让我听到。"棉花放下一张冷脸。

憋了好几天，墨离都没唱，吃了晚饭就上床睡。可睡不了一会儿，人憋得难受，坐起来，浑身淌虚汗。他做噩梦，梦见自己从楼梯上滚下来，梦见自己被人吊在树上打，一鞭子一鞭子地抽。有一次，他梦见自己在山庙里，煮人肉吃。他紧紧咬着被角，牙龈渗出了血。他看过别人吃人肉。那年他十岁，跟父母去茅坑坞割箬叶，他去山庙喝水，看见两个人在分一个和尚的尸身，放在山庙的铁锅里煮起来吃。菩萨像下有一张蒙了大黄布的木桌，他躲在木桌下。他看清了那两个人的脸，饕餮一样的脸。

梦魇后，他坐在厅堂，罩上骷髅面具，默默地坐到天亮。他身上像插满了针。

背个木箱，打一个松灯，提一篓松片，墨离去山边的岩崖洞，一个人唱戏一个人跳舞。岩崖洞也叫石门洞，是一个半边裸露的洞穴，有一间三家屋[①]那么大，村人在外做事，砍柴歇脚、挑担歇凉、躲雨避雷都在这里。石门洞离村不远，一盏茶的脚程。弄堂里的人，可以看到岩崖洞里的松灯，和一个鬼魅一样的影子在舞动。一团拉长的影子。

有一次，墨离在岩崖洞里，跳到平日一半的时间，突然下雨，想起瓦屋上还有一簸箩晾晒的南瓜片没收，急着收南瓜片。他推开门放木箱，听到睡房里的女人，哦哦地呻吟。墨离操起木棍，跨进睡房，看见一个男人正骑在棉花身上，肉瘤在脸上晃。墨离一棍子打下去，打在床墩上。裸身的男人翻身下床，抢过木棍，厉声呵斥："你反了，你敢打生产小组长。"墨离和葡萄厮打了起来。女人裸身坐在床上，看着他们厮打。

十天半个月，墨离和棉花便厮打一次。打了三个月后不打了。他吃了晚饭提一盏松灯去岩崖洞。松灯扑哧哧地爆出松脂

---

① 三家屋：江南土屋的一种称谓，指两间厢房和一个厅的土屋。（编者注）

炸裂的灯花，黑烟一团团。松灯在路上一晃一晃，沿一路石板道，慢慢变小，最后变成一团光 墨离到了岩崖洞，葡萄也到了棉花的床上。有时墨离唱完了戏，葡萄还在棉花的床上。墨离坐在睡房的门槛上，抱着头，抽烟。烟抽完了，用旱烟管敲敲门板，说："怎么还没好啊？"床上的男人穿了衣服，说："明天你去生产队称半筐谷子吧，你米缸都见底了。"有时天太冷，葡萄也会说："你也一起上床吧，冷久了伤身。"

岩崖洞常常传来猿猴一样的声音。那是墨离的声音。弄堂里的人，听得毛骨悚然。"怎么我们弄堂，出一个这样的人？是不是弄堂风水不好？"有人这样嘀咕。从来没有人去过岩崖洞，看墨离唱戏跳舞。他几乎不怎么说话。他孤悬着长长凹瘪的脸，两个颧骨凸出来。他走路很轻，悄无声息，好像他不想把脚踩在地上，不想让人听出来他走了路，他抹去了他的脚步声。他也从不串门。即使大雪天，即使不唱戏，他也去岩崖洞，生一堆火，坐一坐。

过了两年。棉花生了一个儿子，是收割稻子的时候，棉花生下他的，取名稻生。稻生肥头大耳，像棉花。稻生力大，两岁能抱柱墩，像棉花。稻生胆子大，四岁敢捉蛇，把花蛇绕在脖子上，走来走去。稻生下手狠，六岁随大人去生产队的晒谷场杀牛。大人把牛刀磨好，用黑布给牛蒙脸，稻生说，他来杀。他摸起牛刀直接捅入牛脖子，牛血喷他一脸。他用手摸摸脸，伸出舌头把手上的牛血舔得干干净净。稻生有心眼，他一刀下去，把葡萄的屁股剜下一块肉。葡萄对稻生好，常买些糖果花生给稻生吃。

有人碎嘴，说，稻生是葡萄的儿子，墨离哪生得出这样的儿子呢？稻生也对葡萄好，嘴巴很甜。一次，葡萄正骑在棉花身上，稻生冲进睡房，一刀下去，葡萄的屁股去了一块肉。葡萄再也没有去过棉花家里。弄堂里的人说，这个孩子，把心眼藏得太深，长大了是个狠角色。

不错，是个狠角色。十六岁的稻生，提了一塑料壶的煤油到彭坞村的周仕原家里，跪在周仕原厅堂的香火桌下，对周仕原说："周叔叔，我喜欢你二女儿水英，我没钱，但我要讨她做老婆。"周仕原说："我不同意呢？"稻生说："我把你房子烧了，我也死。"稻生在香火桌下，跪了三天，把水英带回了家。二十一岁，稻生被枪毙。在小镇路口的沙地上，稻生被枪决。枪决的时候，去现场看的人站满了沙地两边的河堤。嘣的一声，他身子往前倒，一头栽下去，后脑勺流出一摊黑血。他动也不动，也没声音。他被枪决，是因为他杀人。有一个下派干部强奸了一个姑娘，强奸了好几次。姑娘告到大队部，大队部说姑娘想讹诈。下派干部说了很多羞辱姑娘的话，说她勾引他，他拒绝了，还打了她两巴掌，勾引不上他，想讹诈。姑娘受不了，当夜上吊。人是被救下了，可一家人的脸面搁不下啊，姑娘的冤屈洗刷不了。稻生揣了一把牛刀，夜里摸进大队部，刺入下派干部的大腿。稻生没想杀死他，只想放他的血，警告他，可血放出来，止不住，动脉断了，血尽人亡。

一个人的死，是另一个人什么？稻生的死，让墨离变成了另一个人。他带着孙子，去这个人家坐坐，去那个人家坐坐。他的面目发生了变化,面容慈祥,脸带微笑,大声说话。一个算命的人,说稻生是墨离身体里的一个恶魔,恶魔灭了,人恢复了人的原形。墨离也不去岩崖洞了。村里有年长的人,病重,墨离每天会去陪坐,有时还陪过夜。有的老人,病重时,内心会特别恐惧,墨离会陪他,讲很多自己在外地经历的事。墨离看过很多死人,看过很多人怎么死的。死是一件非常平常的事,人死和人出生一样平常。墨离给病重的人唱戏,一句一句地解释戏里说的是什么意思。病重的人,不再恐惧了,即使面临死,也不恐惧,都面目干净微笑安详。

村里胆子最大的人,不是别人,是墨离。有人离世,墨离都陪伴在身边,给人洗最后一次身子,给人梳最后一次头,换衣服,入殓。他抱起故去的人,轻轻地放入棺材,像抱着一个熟睡的人。入殓前,他还得守夜,坐在故去之人的身边。他自言自语地和躺着的人说话。

有人问墨离:“你胆子怎么那么大呢?你不怕死人吗?”墨离说,那有什么可怕的呢?死人也是人,死人是最平静的人,平静的人不可怕。

上吊死的,投河死的,喝农药死的,汽车轧死的,煤窑埋死的,都是墨离去收尸。收了尸,洗干净了,把残存的尸、面目狰狞的尸,复原完整。

故去的人,在村里的最后一站,是村头的三岔路口。棺材摆在这里,从这里出葬下地。墨离在这里披上一件豹皮,罩上骷髅面具,戴上莲花帽,穿一双草履,在棺材前摆开八仙桌,上香烧纸，在一张黄表纸上画了符。他呢呢喃喃念了咒语，把两片竹板八卦摔在地上，辨了，又摔，摔了又辨。他手上紫色的圆木棍发亮，嘟嘟嘟……敲打棺椁，他手舞足蹈。敲了几分钟后，他又停下来唱喃喃唧唧的歌。他的口腔像含了一口水，水在发出噜噜噜的声响。他沿着棺材四周，旋转着，翩翩若翔。观看的人，安安静静，有的人会突然恸哭。

村里即将故去的人，都会交代身边的人："把墨离师傅请来。"墨离来了，他们的手握在一起。一只手的体温在慢慢退去，直至冰凉如铁。葡萄离世前，在床上躺了两个多月，也是墨离陪着的。葡萄死的时候七十三岁。墨离给他守夜，洗身入殓，送他出村。弄堂里有人，瞪着眼睛说："谁干了我老婆，我还守夜，我不戳尸身，都算我好了。"父亲说墨离师傅是大胸怀，有这个胸怀的人，是佛化在身的人。棉花六十来岁，得了中风，半边瘫痪。墨离天天给她擦洗身子，用一个木头做的推椅，推她到处走，推她去八里路外的小镇吃清汤，推她去二十里外的石人殿，赶庙会。棉花手抬不起来，夹不了筷子，墨离喂给她吃，用一个小勺子，喂进她嘴巴。有时候，饭硬，墨离嚼烂了，给她吃。她说不了话。她高兴的时候，右边的脸肌腱往上抽动，露出半边的牙齿。他用手摸摸她的头她的脸，继续喂她。棉花拖了五年多，才走。她的身子缩成了一根木头的形状。

二十世纪九十年代，迷信活动在饶北河流域，再次兴盛。算命的，打八卦的，做道场的，捉鬼的，看相的，由村里人带路引荐，进村赚钱。有一种叫"回阳还魂术"的迷信，曾在各家各户表演。会还魂术的，是一个三十多岁男人，穿道服戴道帽，胡子长长的。他能叫死去多年的人，和家中人对话。我妈非常信这个。我外公死得早，我妈很想和外公说说话。施法术的人来后关了门关了灯，点起四根蜡烛放在八仙桌的四个角，在桌面铺上糠灰，施法术的人用筷子写下故去之人的姓名、性别、生辰八字、故去之日期。上了香，烧了纸，施法术的人坐在八仙桌的上座。我妈问："爹，你去了这么多年，我一直想着你，你去的时候都没交代我一句话，你现在有什么要交代的，你就说，我听得见。"这时一个声音不知道从哪里冒出来了，说："南妮呀，也没什么特别交代的，你身体多病，不要太操劳了，一家人平安，是最大的福分。我走得早，都没尽到做爹的责任。"南妮是饶北河一带，女儿的别称。我妈听到"南妮"这两个字，当场泪如雨下。问了十个问题，答了十个问题。我妈还想问，施法术的人站了起来，说，回了阳还了魂答了话，阴阳相隔的人，见了面，有福分。我妈给了他三斗米，他便走了。过了两天，我妈记起什么事似的，对我说："你去把那个道士叫来，还得和你外公说几句话，上次都忘记说了。"施法术的人在吴家吃饭。我去了，说了我妈的意思。施法术的人说，前几天去过了就不去了。我妈坐在凳子上，长吁短叹，说命苦，想再见一次，都见不了。说罢，又泪如雨下。那个时候，我在一个中学教书。我好言劝我妈："你别信那个，哪有死了几十年的人会说话的，那个是个假道士，会腹语，你千万别当真，花三斗米就当安慰自己了。"我妈当场狠狠痛骂我："哦，你读了十几年书，就是叫我不要相信这个？你读的是什么书呀。”我妈把我二姑叫来:“春花,你去把那个道士请去,看看有什么人要问的。”

有年轻人去找墨离师傅,说:“你捉鬼那么厉害,也去捉鬼吧,可以赚钱。”墨离说:“鬼是有的,可鬼怎么捉得完呢? 要捉的鬼都是活鬼,不理它,活鬼也是死鬼,死鬼有什么可捉的,何况我也不会捉鬼啊。”年轻人说:“要不你传我吧,你还没一个徒弟呢。”墨离说:“有鬼眼的人,才能学我这个,你是人眼,学不了。”

小时候,我很害怕看见墨离师傅,怕他的模样。单薄瘦弱的身子,凸出来的颧骨,内凹的眼球,一件空荡荡的破旧秋装,悄无声息的脚步声,让我觉得他是一个离世界很远的人。假如他罩上骷髅面具,与一个山鬼无异。我看见他也远远躲着。他老了,像一个眉须雪白的老僧,玉一样通透,木一样大拙。我在中年之后,明白了世间很多东西,比如生与死,比如爱与恨,比如喜与悲,我会想起这个在岩崖洞疯狂独舞的人,会想起这个在棺材前翩然起舞的人。我看过他无数次做戏跳舞,在一个弄堂里生活了几十年,事实上,我从来没有熟悉过他,我不知道他做戏时,骷髅面具下的脸是怎样的,他眼睛流出的是什么,毛孔分泌的是什么。或许,这是人世间最大的秘密。

大悲旦

道具车进村的时候，戏台前围满了人，有抱着小孩的老妇人，有捂着火熄的老人，有村干部。有人问："在村里演几天呀。"也有老人问："李老太太的女儿会来演戏吗？"也有人问："演员住村里吗？我家里可以住好几个人呢。被褥干干净净，饭菜也好。"热心的村民，早已把戏台清扫干净，抹了几遍。古戏台坐落在村中央，台前一块大空地，铺了梨花图案的小河石。戏台三十多年没演过戏了，平时堆着附近村民家用器物——打谷机、晒席、喷雾器、断脚的椅子、石臼、风车、水车、棺材，沿戏台的墙边，杂七杂八地堆着。瓦垄里的地衣绿油油地长着。有十几岁的小孩爬到车门前，看看，问，怎么演员都没来呢，想看看演员是不是都像电影里的那么漂亮。"喂，喂，姨妈吗？我村里明天演戏了，你带姨夫一起来看戏。哦，你小孙子一起带来。"有人在樟树下打电话。"你明天坐火车回来，村里演戏了，演《还魂记》,海报都贴在村口小店的门板上了。”一个中年妇人站在戏台的屋檐下,急切切地,给远在浙江做工的老公打手机。

有好几个老人问剧团的人:“李老太太女儿会来演戏吗?”剧团的人疑惑地看着老人,问:“哪个李老太太?”老人面面相觑,一下想不起李老太太的名字。边上一个五十来岁的人,笑起来,对剧团的人说:“李老太太有一个女儿,叫林采薇。她们一家以前在这里生活过。”剧团的人,哦了一声,说,知道这个李老太太,按辈分,叫她师太爷,她女儿又不演戏。老人有些不相信,说:“老太太女儿,十多岁便会做戏了,我们都看过呢。”

演戏是村里的一件大事,和逢年过节一样,全村喜庆。以前演戏都是在春节,或者是冬至时节,空闲了,又有了余钱,一户户五块十块地筹钱,筹个八千万把块,请镇里或周边镇里的小赣剧社来唱戏。当然,我说的以前,是指三十年之前,请剧社唱一场戏,三百块,连唱七天八夜,一天两场,日夜连开。剧社一般有十七八个人,有班头,有演员,有乐队。班头统筹剧务,安排食宿,管收支账。演员有十一人,分九个行当,为正生、上生、老生、王旦、小旦、老旦、大花、二花、三花,俗称九脚头,外加两个跑龙套。乐队有五人,即鼓一人,大锣、小锣二人,大钹、小钹二人。两支唢呐由司钹者兼任。打钹的人,胸前挂一支唢呐,鸡啄米似的摆头晃脑,弓起前身,哐,哐,哐,把钹敲击出重金属的厚重音响,侧耳细听鼓手的节点。鼓手是乐队的指挥。钹停了,捏起胸前的唢呐嘟嘟嗒嗒地闭起眼睛吹。当然,这是武场。文场有胡琴一人,二胡一人,三弦一人,月琴一人,月琴由司锣者兼任。吃饭是派饭,一个村民小组分两个人,一家吃一餐,不用交钱。住宿也分派,安排在屋舍宽大洁净的人家,班社人员自带行李。安排晚餐的人,会到安排午餐那家人看看,吃什么菜蔬,若是中午八个菜,晚上会有十个菜,多加一个汤和一份肉食。班社的人,一餐比一餐吃得好,一天比一天吃得光鲜。哪家人用什么饭餐招待客人,全村的人都知道。下午的戏没唱好,演员边唱边咳嗽,肯定中午没吃好。妇人叽叽喳喳地问:“中午在谁家吃呀,肯定没有肉,吃腌辣椒霉豆腐下饭了,唱不动了。”有的人家,实在没有肉,也没钱买肉,便把老母鸡杀了,炖了,给班社的人吃。没老母鸡的人家,便到邻居那儿借一斤肉,从腌菜缸里切下来,蒸一碗。

妇人爱看戏,也厌戏。唱戏了,妇人请来娘家人,住上三五天,看戏。不请娘家人来看戏,妇人抬不起头——在娘家,邻厢会问老人,怎么不去枫林看戏呀,你女儿怎么不请请你呀。一个不请老人看戏的女儿,是个不孝顺的女儿,不孝顺的女儿嫁给了没出息的男人。妇人去请老人看戏,衣着鲜亮,提篮里铺一层米糠灰,米糠灰上放两把挂面,挂面上铺十来个鸡蛋,一路上见了人,笑眯眯地打招呼:“我去老娘那儿,请老人看戏。”还没进娘家门,便大喊:“奶,去看戏,我村里唱大戏了,全家一起去。”“奶”,在饶北河一带,是“妈”的意思。当然,也有叫“妹”的,叫“姆”的,叫“妈”的。娘家人来了,便要好生招待,咸肉和腊肉,鸡和鸭,轮番吃。吃了两天,男人便给自己的女人脸色看:“吃吃嬉嬉,荡荡街看看戏,有鸡鸭吃,我还做什么活呢。”老人听了,坐不住,便说家里还有南瓜干没晒,豆酱还没收,咸菜也该多晾几个日头。收拾了包袱，老人拉着小孙子的手往门外跨步，女儿怎么拉也拉不住。

班社演的，都是折子戏，演不了全戏。全戏，要请大剧社，村里请不起。村里两千余人口，筹万把块钱都得半个月，有些人份子钱五块还不愿给，说："戏谁看呀，我家人不看，你看见我家有人看，你把他拎出来。"实在是有老戏迷，卖了猪，多出一百两百的，给村里兴兴兆头。年年有了戏看，年年有了寒冬腊月的热闹。林采薇是村里长大的，可没在村戏台上演过戏。在镇里演过几次，村里去了很多人看，回来说，看看林先生的风采，看着就亲。

村里老人说的李老太太，叫李牧春，不是本地人，她母亲是安庆人。一九一一年冬，异常寒冷。小雪时节，檐水结冰，大雪飞舞。长江南岸的风叫得像乌鸦声，往北岸刮。白白的江面，与野茫茫的平原，相互缠绕，像两块裹尸布。茅屋矮矮地趴在江岸，积雪压得柳树枝条弯弯下坠。李牧春当年才七岁。李牧春母亲吴氏，拖儿带女，往江北逃——辛亥革命的战火席卷了长江两岸，她的老公林北川已在武昌起义中殉难。林北川是徐锡麟在安庆时的贴身警卫，徐锡麟一九〇七年七月六日刺杀安徽巡抚恩铭，率领学生军起义失败就义后，林北川只身逃亡，经潜山、黄梅，去了武汉。吴氏入东流县，下浮梁，往东，到了玉山，已是年关。吴氏衣不蔽体，倒卧在冰溪城南半山腰的破庙里。

那年冬天，长江沿岸战乱逃难的人特别多，渡江的竹筏每天百十条，条条坐满了拖儿带女的人。沿路都有冻死的人，饿死的人。在至德县尧渡河边,有逃难的人架起铁锅,煮死人肉吃。深山人烟少,难以乞讨,逃难的人,一路向东南走。越入山区,雪越大。豺狼白天也在山梁上,唔,唔,唔,天崩地裂地嗥叫。绵绵群山,雪野莽莽。有的大人,小孩四五个,便用草绳绑在每个小孩的腰上,拉着走。拉着拉着,大人倒在地上,再也没起来。有的父母,把自己弱不禁风的小孩拉到身边,往孩子的裤管里塞石子。父母低头往前走,捂着脸,不敢回头看孩子。孩子蹒跚,走不了多远的山路,倒在地上,叫嚷着父母。倒下的孩子,最终落入狼口。李牧春七岁,是家中最小的一个。吴氏一家四口饥肠辘辘,到了浮梁县鹅湖,遇上当地的士绅施粥和施馒头。梯子平放在两条长板凳上,五块圆团席列排在梯子上,团席上都是白白的馒头。馒头嗞嗞嗞冒着热气。一人三个馒头一碗粥。士绅戴圆帽,六十多岁,拄圆木紫漆拐杖,留一条小圆辫。喝粥的人一直排队到巷子里面,看不见后面的头。馒头发完了,还有人在排队,端着碗,叫着:“饿。我饿。饿。”有的人,站着站着,倒了下去。吴氏也没排上,带着孩子坐在巷子水井的石栏边,饿得都站不起来。一个倒在井边的中年人,满身雪花,手上紧紧抓着三个馒头,瓷碗摔在一边,四分五裂。吴氏过去推推那个人,身子都僵硬了。吴氏从他手里掰出馒头,一个小孩一个。馒头硬硬的,裹着雪。中年人可能噎死了,嘴巴里还有半截馒头,鼓鼓的腮帮像个柚子。吴氏托起死者的头,用筷子伸进他的口腔,把馒头扒出来,塞进自己嘴巴。

随着人流,在凛冽的寒风中,她一路往东。怎么熬到玉山的，吴氏都记不清了。她再也无力走了。破庙叫泉南庙，只有一个老僧。在破庙住了两夜，吴氏问老僧："有没有好心的人，收留我一个孩子，给口饭吃就可以。"老僧说，哪会有这么好的家境呢？那天正是灶神上天，寺庙下的戏台里，有人在唱戏。吴氏一条破棉絮裹着最小的女儿，抱到戏台前对唱戏的师傅，说："收下我的女儿吧，不然，孩子过不了这个年，会饿死。"师傅五十多岁，俊朗，看看吴氏，看看孩子，说："这个世道，我挣饭吃也难，怎么敢收呢！"小孩睁开眼睛，叫了声："老爷。"师傅不问，也知道这是走投无路的人。走投无路的人，太多，每天都有。他摸摸孩子的头，泪水滚了下来："你跟着我，会吃很多苦。"吴氏找出孩子的内衣，写下了孩子的生辰八字、父母的名字、出生地，又剪下自己半只破烂的衣袖，给了师傅，留个念想。

师傅是玉山班的班主，姓陈。第二天，陈班主拉着李牧春上街，买了一件棉袄一双圆头套鞋，吃了碗宽面，一路向北走。李牧春八十多岁的时候，还清晰地记着那天。天下着细雨，冰溪冒起白白水汽，街边破烂的屋檐上融化的雪水滴答滴答地流下来，脚下泥浆乌黑黑，石煤燃烧的刺鼻气味让人想起米饭。出了县城有一条小路进山。山矮矮的，赭褐色的石岩上，长着黄黄的油毛松。雪盖在松叶上。走了半天，山渐渐高了起来，怪兽一样，昂起头。一条蜿蜒的山垄走不到尽头。油绿的树，高高大大，遮住了路。雪团从树梢沙沙沙地落下来。她紧紧地拉着师傅的手。她害怕。她害怕师傅蹲下来，往她裤管里塞石子。她害怕唔唔唔的狼嗥会撕裂地响起。她抬头看看师傅，师傅脸上有一道刀疤，斜斜的。师傅的棉帽上，有稀稀的雪粒积着。她只听得师傅唱道：

> 离三关别代战归心似箭，离三关别代战归心似箭。
> 一路上花花美景无心观，红鬃马四蹄奋飞尘土卷。
> 恨不能一步跨越万重山，渴饮清泉水，困在马上眠。
> 披星戴月奔阳关，遥望长安古楼现。
> 破瓦寒窑在城南，十八年前遭离散。
> 别梦依稀在眼前，心急只嫌马行慢，武家坡前会宝钏。

李牧春再也没有忘记过这个沙哑的嗓音，在山野响彻不散。到了高山脚下的一个小村庄，已是天黑。一个五十来岁的妇人，见了一个面生的小女孩，单裤裹着湿湿的雪水，脸上结起黑黑的斑痂，耳朵烂开，怯生生地望着自己。她用围裙包住了孩子的头，抱她坐在火熄上，盛了一碗面汤给她吃。她吃了一碗，眼巴巴地看着碗。妇人又盛了一碗，孩子窸窸窣窣，筷子也不用，喝完了。孩子吃了九碗，把锅里的面汤全喝完。妇人打来热水，让她洗脚。脚盆里的水黑乎乎的。她脚上的污垢已经粘连着皮肤，泡脚泡了一碗茶的时间，孩子开始说话："婆婆，我会做很多事的。"

这个村子，叫锦溪。溪水从山垄奔泻而来，在村前环流，又沿峡谷南去，如华锦飘荡。村前高高的大山，耸立天际。皑皑的白雪和灰白色的天边相连。山叫怀玉山。入怀玉山，锦溪是必经之路，故名花大门。锦溪的族姓为陈氏，是江南陈氏的发祥地之一。

怀玉山，也称玉斗山、玉山，是怀玉山山脉的主山，是信江和乐安河的分水岭，也是两支河流的发源地。康熙《玉山县志》记载："天帝遗玉此山，山神藏焉，故名怀玉。"山脉东起婺州，西没于鄱阳湖，如群马欲东，万涛奔涌。锦溪村群山环抱，山民生活艰辛但怡然生趣。元宵后，陈班主带李牧春拜老郎神。庙叫田府正堂，供奉着祖师爷老郎神。田府正堂在村外一个山坳里，四面环水，有池塘和回廊。老郎神白面无须，头戴王帽，身穿黄袍，坐在高堂中央的圈椅上。拜老郎神，要焚香沐浴，在堂前设酒茶、瓜果、瓜子、点心，跪在蒲团行大礼。陈班主坐在圈椅上，喝了李牧春的敬师茶，说："老郎神是我们的祖师爷，是唐朝的一位皇帝，叫唐明皇。唐明皇在皇宫梨园设教坊，培养歌舞器乐人才，后人便把戏班称作梨园。我们的班社叫玉山班，唱乱弹腔。这些东西，你慢慢会懂的。从今天起，你叫我师傅，我收你作入室弟子。"

陈家是梨园嫡传世家，技艺嫡传十三代，开班结社三代。信江中上游，横亘东西百余里，锦溪陈家有着不同凡响的名头，是梨园的翘楚。陈家有大院，大院有戏台。大院分三进厅，左右两边有厢房。一厅是门楼，过天井，进二厅，是待客茶厅，过厅门，是内堂，刀架上挂着刀枪剑戟，墙上挂着戏服靴帽戏饰，再过天井，便是戏台。戏台也是练功的地方。

村庄的右边，便是一条盘旋而上的山道，是村人打柴垦地的出入要道。山道弯弯扭扭，通山腰，山腰上有块盆地。盆地开阔，有山民十余户。锦溪至山腰盆地约十里。每天天亮，陈班主带小徒弟跑山道，一直跑到盆地。小徒弟跑不动，跑跑停停，师傅也跑跑停停。跑了半年，小徒弟便能跑上山了，不停顿。师傅把李牧春拉到跟前，说："做戏，做的是气韵，不光要动作好，腰姿好，身板好，表情好，嗓子好，更要紧的是气韵，没有气韵，做不出角色的内韵，跑步就是练气韵最好的方法。"

师娘是个和善的人，娇小，面慈，做事麻利。师傅有三个儿子四个女儿，也都成家了。大儿子叫陈世国，二儿子叫陈世家，三儿子叫陈世人，三人也独门立户了，只是也住在大院里。班社有二十余人，大多是村民，白天打柴种地，晚上聚在大院里，在戏台上练功。有人请班社唱大戏，他们挑着箩筐担、木箱，外出三五天。来请唱戏的，一般是有钱人，家里有过大寿的，孩子出生的，老爷故去的。也有钱庄、典当行、丝绸庄、盐铺、酒铺等开业的老板，来请，唱个三五天，喜庆喜庆。来请的人，付一半订钱，定好曲目，排好生旦人员，定好时间，算是应承。师娘不唱戏，但识字，懂戏文，随口哼哼也有板有眼。据说，师娘在出嫁前，练过四年的戏，只是不登台罢了。

玉山是四省通衢之地，人员往来繁杂，往东不足百里，是浙江常山，婺江奔腾入钱塘江，往西不足百里，是上饶，信江咆哮入鄱阳湖。徽州人翻过大茅山便进入玉山地界，闽北人徒步一天，经铜钹山，入官溪。山乡繁盛，各种方言交会融合，有了玉山乱弹腔。玉山戏班众多，常去外省做戏，南去建阳、北去徽州、东去绍兴、西去两湖，统称江西班。玉山乱弹腔吸收了安徽石牌腔、陕西秦腔和湖北楚腔，以西皮、二黄为基本曲调，成为信河戏重要的一支。玉山属于吴方言区，语言、生活、习俗，与浙西北相同，绍兴文戏西移，玉山乱弹腔受绍兴文戏影响，又多了温软的吴韵。锦溪的玉山班，是名头最响的戏班。十二岁的李牧春随师傅外出做戏，跑龙套，做勤杂。

民国十年（1921）五月五日，暮春。孙中山就任中华民国非常大总统。玉山的士绅、冰溪街流觞轩老板林泽民，在城南搭戏台，请来三个大戏班斗戏。一个是鄱阳的饶河班，一个是玉山班，一个是嵊县戏客班。五日开戏，一天三场，连开三天。上午场、下午场、晚间场，三个班各做一场。

五日

上午　饶河班　曲目《定天山》

下午　玉山班　曲目《岳飞传》

晚上　戏客班　曲目《梁山伯与祝英台》

六日

上午　玉山班　曲目《王宝钏写书》

下午　戏客班　曲目《孟丽君》

晚上　饶河班　曲目《珍珠记》

七日

上午　戏客班　曲目《碧玉簪》

下午　饶河班　曲目《龙凤剑》

晚上　玉山班　曲目《还魂记》

这张大红纸通告，早在十天前就发了出去。街上的酒馆、面铺、茶寮、布庄、盐庄、粮铺等庄铺的大门口，也贴了正楷的大红通告。这是民国建国以来，在玉山，第一次邀约斗戏。在面铺，在茶寮，在酒馆，在街上，在码头，相聚的人都在谈论三班斗戏。方圆百里的乡绅雅士和梨园人，提前半个月，便订下了台前座位。

请戏班的邀约书、订金，四个月前便付下了。收下邀约书，陈班主便辞去了其他人请戏。饶河班是鄱阳皇岗东海同乐班，他是知道的，是鄱阳湖一带的大班，唱皮黄，实力非凡。满头白发的陈班主请来戏班人员，在大院二厅摆上四桌筵席，说："我是第一次参加斗戏，开场容易收场难。我想听听大家的意见，怎么去斗戏。"大家先是面面相觑，喝了几杯酒后，七嘴八舌地说了起来。"斗不好，砸了牌子，玉山班以后没饭吃了，不如退钱了事。""能去斗戏，说明我们有去斗的实力，林泽民老板可是见过大世面的人。""在我们玉山，我们赢了三分。"酒喝完了，大家也没人说出个所以然。入夜，人散去了，陈班主把三个儿子和徒弟李牧春叫到戏台上，商量斗戏的事。

"看戏的人对玉山班了如指掌，生、旦、花，乐队手，如数家珍。在自己家门前，做砸了戏，江西班会脸面无存。"李牧春说，"既然是斗戏，选曲目和选人，都一样重要。"李牧春已经十八岁，桃花正开的年纪，已登台六年。但她饰演的角色，大多是杂役、丫鬟，还没演过旦角。十二岁开始，李牧春练的便是大旦，尤擅长悲旦。大旦即小旦，分悲旦、花旦、闺门旦、正旦、武旦、泼旦。陈班主的父辈，旦角并不细分，粗略分为大旦、二旦、三旦。清末，昆曲在南昌、赣州盛行。在光绪二十八年，即公元一九〇二年，地处徽州婺源的洪福林昆班被乐平秧坂马家接管经营，名万春班，请来浙江兰溪、金华梨园子弟加入，派生草昆剧目。一九〇七年，陈班主骑了两天的马，赴万春班梨园之约，研讨信河戏、饶河戏。在婺源盘桓八日，回到家里，陈班主把曲目、角色、唱腔、乐队再次分类，在原有的戏份里，引入了昆曲的舞蹈与武术和乐队的丝竹乐，在唱腔里更注重唱词与地方方言的融合。这是玉山班胜出其他江西班的地方。

当晚，陈班主定了老路戏和传统剧五个曲目：《岳飞传》《王宝钏写书》《还魂记》，《水泊梁山》《观音游十殿》。后二者作预备剧目。老路戏在皮黄的基础上融合了乱弹腔，题材也多来自正史或野史故事。皮黄是西皮、二黄两种腔调的合称。西皮起源于秦腔，二黄是由吹腔、高拔子演变而成，西皮、二黄又分别称为“北路”“南路”，合称“南北路”。陈班主决定让李牧春饰演王宝钏和杜丽娘。这将是李牧春第一次在戏台上，以悲旦身份亮相。悲旦是戏曲中的主要旦角，也称表衣。

五月五日，大戏开台之前，士绅林泽民穿一身深紫丝绸长袍，戴一副圆口眼镜，站在戏台上，做开场，说：“民国十年，今天，孙中山先生就任中华民国非常大总统，我们追随孙先生，反对列强的侵略，打倒与帝国主义相勾结的军阀，强我中华。”林泽民四十来岁，仪表堂堂，据说，早年东渡扶桑，习医三年。回国后,在广州生活了两年,再回到玉山,却没行医,而是开了酒厂。他说话的声音高昂,情绪热烈,台下的人不由自主地鼓掌。他说:“今天,我们在这里是斗戏,不是比武,没有胜负之分,请来的班社,都是百年班社,名头都是几代人血汗擦洗出来的。斗戏,就是比戏,比戏就是切磋技艺,采他人之长补己之短。戏曲有门派之别,无优劣之分。孙先生将带领我们,反对列强消灭军阀,实现民族自强,我们不但要学习先进的科学技术,而且还要发扬我们先人留下来的文化精粹……”

三天斗戏结束后,李牧春这个名字,在赣东北梨园界,已无人不晓。她饰演的杜丽娘被人津津乐道,李牧春也成了街谈巷议的人物。《还魂记》演完,李牧春躲在冰溪客栈大哭一场。这是她第二次来到这个戏台。她想起了自己的母亲,瘦削的脸庞,粗短而刚硬的手指。李牧春想起母亲带着三个孩子,在大雪之中一路艰难蹒跚,她紧紧地拽着母亲的衣角,山中的狼嚎让人胆战心惊。想起这些,她便号啕大哭。她想去找自己的母亲,可母亲在哪儿呢?这个戏台前,是她与母亲作别的地方。寒冬之夜,马灯在戏台上扑哧哧地响,被风吹得摇晃。她记得师傅宽大的手,拉着她,走出戏园子,师傅把灰白的头巾解下来,包住她的头。雪,刀片一样飞下来,飞下来,插满全身。

三堂会演结束的第二天,天麻麻亮,李牧春起床了。她过了木桥,沿山边的石坡路,往上走,到了一间破庙。破庙的外院子,已成了颓坯,油桐开出了粉白的花,油油的。五月的荒草高过了墙垣。瓦片散落在荒草之间。她进了庙门,一条老狗蹲在天井里。老狗望着她，两眼浑浊。那年，天井里的一棵红梅花，开得鲜艳，火苗一样从枝头蹿出来。满树的花朵，焰火一样的花朵。她看了一眼，红梅树已不在了，只有一个苍老腐烂的树根还深陷在土里。她叫了两声“有人吗?”便推开厢房，一张老木板床杂乱地铺着稻草，蜘蛛在床架上织了一圈又一圈蛛网。她记得，她曾在这里住过一夜。

中午，士绅林泽民请三个班社用餐，也算是作别。席间，饶河班林班主请林老板做媒，向陈班主提儿女亲事。林班主有两个儿子，老二林凤鸣已是弱冠之年，尚未娶亲。林班主见李牧春杏花待放，满心喜欢，便想请林老板做媒。陈班主便说:“牧春只是我徒弟，不是我女儿，姻缘大事还得由她自己做主，我这个做师傅的说不得算，她师娘比我还有发言权呢。”李牧春的身世林老板是知道的，他便说:“孩子结婚是结义，你们两个班主有义，以后的事好说。”

酒里的话都是不作数的。陈班主也没把林班主的话放进心里。回到锦溪，劳累了四个多月的班社人员忙着田里的活。怀玉山的杜鹃开遍了山岭，远远望去有种热烈的燃烧感。李牧春登山，游法海寺。寺内桃花开得正妍。“人间四月芳菲尽，山寺桃花始盛开。”她默默地念了一句。这里曾是草堂书院，开坛讲学已几百年，朱熹、陆象山、吕祖谦、汪应辰、程珙，都曾来此讲学。巍峨的金刚峰，阳光如雪瀑，飞泻而下。法海寺已破败，不见僧人。斗戏归来，半月有余，李牧春觉得自己的心里开了一扇天窗，似乎看到了什么，那是自己以前没有看到过的，至于这些东西,到底是什么,她也说不清楚。她总想起师傅的话:“舞台的艺术,要适合舞台,贴近人心,要多姿多彩。”

八月中秋,陈家大院来了一个年轻人,背了一个包袱,提了两坛女儿红。陈班主看着有些眼熟,但一时也辨认不出来人,问:“后生,你找哪个?”后生虎背熊腰,大块脸,全身黝黑,眼眉粗黑,脚板落地生风。后生说:“我是鄱阳饶河班的,林凤鸣,到陈班主家提亲。”陈班主拍拍后生肩膀,哈哈大笑起来,说:“后生有胆识,好后生,好后生。”李牧春在厨房帮师娘切菜,听得真切,从斜开的窗户里,探出半边脸来,睨眼看见一个大光头,穿一件半袖靛青大褂,肩膀像嵌进肉里的两个大圆石,耳朵肥大像蒲扇,搭在肩上的包袱鼓鼓的,也不知道包里是什么。“吭。”师娘咳嗽了一声。李牧春继续切菜,笃笃笃……菜刀切得像马蹄一样飞快。师娘斜了她一眼,她把头低得更低了。

在陈班主家住了两夜,捎信给其父,说,在锦溪会多住些时日,学学信河乱弹腔。林凤鸣在饶河班学的是武生和大花,六岁学艺,根基扎实。陈班主喜欢这个后生,但他并没应允这门亲事,只对后生说:“我们两家是兄弟班社,一衣带水,怀玉山东南为信河班,怀玉山西北为饶河班,怀玉山山脉不是两个班社的屏障,是母体,是发源地。你在这里多住些时日,好好切磋切磋。”

陈班主下地,林凤鸣也下地。陈班主打柴,林凤鸣也打柴。陈家大院,每天晚上习戏,林凤鸣也登台。

霜降之后,怀玉山层林尽染。霜在草叶上白,露在瓦檐下绿。绵绵山峦,海浪一样推搡着。枫树在高高的山巅飘扬,霜红霜红。锦溪——山中怀抱的村子在一片墨绿的汪洋里。陈班主对后生说："我问问牧春吧，她同意了，我便把她许配给你。"陈班主把李牧春领进厢房，说："牧春呀，凤鸣是个好后生，你同意的话，我和师娘都不会有意见。"李牧春说："师傅，您做主吧，不要问我。"说完，李牧春呜呜呜地哭了起来。陈班主说："你怎么啦，喜庆的事，怎么哭了呢？"李牧春扑通一声跪下去，说："师傅，我舍不得离开您，要留下来伺候您二老。"陈班主摸着李牧春的头，说："十年前，我从你母亲手中接过你的时候，便认定你是我家里的人，你长大了，找到了好人家，我和师娘也放心了。""您是我的爹。老爹。您是我的爹。"李牧春抱着陈班主说。

"你去把后生叫来吧。"

李牧春领着林凤鸣，进了厢房。陈班主靠在摇椅上，闭着眼睛，沉默了一会儿，说："我把牧春交给你了，你不要亏待她。她吃了太多的苦。"林凤鸣跪了下去，说："我也叫您爹吧。我会像保自己的命一样，保着她。"陈班主从一个旧木箱里，翻出李牧春母亲当年写了字的内衣，和半截衣袖，折叠起来，交给李牧春，说："我保管了十年，我老了，以后你自己保管好，这是你母亲唯一留给你的东西。"李牧春把信物捧在手上，泪雨滂沱。

一九九一年深秋，我在上饶市相府路见过李牧春老人。她住在一个家属大院里，楼道有些阴暗。楼房是青砖三层瓦房，她住一楼。她头发稀疏银白，脸颊内塌，眼睛有一层白翳。她一直一个人住在一个小单元房。她的客厅里，只有一张布沙发和一张吃饭的小方桌。客厅的墙上，挂着她十岁时和师傅师娘的合影照。师傅大方脸，右脸的刀疤凸出来，眉宇开阔，门额饱满，有刚毅之气，穿蓝色斜襟长衫，坐在椅子上，膝盖上放着一把折扇。师娘戴一顶布帽，布帽遮住了眼眉，绒布长袍绣着金菊花图案，双手交叠在膝盖上。李牧春站在两个人之间，两根辫子垂落在胸前，脚上是圆口布鞋，藏青色的斜襟短褂显得有些宽大，她略显瘦削的脸微微侧向师傅，露出天真的笑容。这是客厅里，唯一一张照片。房子有些旧，石灰白墙渗出隐隐的黄浆。老人健朗，每个下午都在院子里散步，或者给小庭院里的花草浇水。老人善谈，口齿清晰，有北玉山的腔调，说话的时候，怔怔地看着我，坐着坐着突然站起来。老人听力好。老人开口便说："那年的雪真大啊，路上死了那么多人。"我也不知道老人说的是哪一年。她说的事说的人似乎和她无关。

婚后三年，即民国十三年，是闰甲子年。逢甲子闰年，必多灾多难。谷雨之后，鄱阳湖水位一天比一天高，水堆着水。大雨一直没有停歇。"天都下塌了，雨怎么不停呢？""天睁开眼吧，给我们一条生路。"湖边的人这样默默祷告，充满了绝望。浩浩渺渺的鄱阳湖，一眼望去，被乌黑黑的雨势所遮盖。天阴沉漆黑，夜昼难分。皇岗的泥土房，成片倒塌。鄱阳湖边的泥土房，一般是黄泥夯墙，木架结构，茅草压屋顶。雨水从茅草里渗进了土墙，土墙慢慢软化，吸足了水分，土墙开始膨胀，整体坍塌。房屋塌下来，盖了床上的人，无声无息。老房子最先倒塌，屋子慢慢倾斜，雨哗哗灌进去，满了厅堂，漫上了床沿，哗啦，房子像一把烂稻草软塌下去。被压死的人，邻居用两块旧门板架起来，埋在菜地里。房子大面积倒塌，被压死的人越来越多，也没有那么多门板架人，便顺势埋在土墙下。昌江暴涨，汤汤水流横扫了稻田，低洼的村子被连根拔起，毁于激流。镇，成了一个空镇。林凤鸣带着怀有身孕的妻子，沿万年、乐平、德兴，翻过龙头山，到了怀玉山，整整走了半个月。身上穿的蓑衣淋了雨水，太重，又笨拙。这个雨季，比任何人预想的漫长。春荒已经到来，逃荒的人和逃水灾的人，分散在南北东西的各条路上。在乐安江边，沿途的水沟隔不到几里，便可见漂浮的尸体。进了德兴的龙头山，雨停了，太阳葵花一样绽开。

这是鄱阳湖平原颗粒无收的一年。饿殍遍野。这一年，陈班主因伤寒故去，六十七岁。陈班主在床上熬了半个月，便走了。大雨之后，伤寒在信江一带蔓延了三个多月。李牧春为师傅守孝四十九天后，回皇岗，随饶河班到安徽青阳一带做戏，初秋，孩子落地，取名林青阳。

翌年冬，李牧春师娘故去。得了讯息，李牧春夫妇赶到锦溪，师娘已下葬多日。师傅和师娘合葬在法海寺对面的阳山上。李牧春在坟前痴痴坐了三天。这条山路，她跑了八年，每天上下晨跑。这里的一草一木，她都熟悉，熟悉它们的呼吸，熟悉它们的枯荣。什么树开什么花，什么花结什么果，她心里有数。山间的晚雾，白渺渺，从山尖往下泻。冬天的晚雪也是从山尖白茫茫地扑撒下来，一撮撮的，芦花一样，随风而降。一夜白了屋顶，白了山梁，白了世界。她想起小时候在戏台练腰腿功，一只脚吊起来，师傅拉着绳子，越拉越紧，越紧越高，她紧紧地抓住吊绳，疼得脊背发汗。脚要吊半个时辰，才能放下来。她躺在棕垫上如死去一般，全身失去知觉。师娘跪在棕垫上，给她揉腿关节，揉腰部。每次揉的时候，师娘都会说相同的话："练戏的人，都是受苦的人。受了苦的人，才会把戏做好。戏里有人世的苦也有人世的乐，有人世万般恶也有人世万般善。戏文都是一样的，看做戏的人怎么去做。"十二岁的时候，她便能背十二部戏文。师娘坐在厢房的油灯下，一个字一个字地教她读戏文，从八岁一直教导到十岁。师娘从不训斥她，每次读戏文之前，给她讲一遍戏文的故事，讲着讲着，师娘会哗哗地流眼泪。腰腿功毯子功把子功扇子功手绢功髯口功帽翅功甩发功水袖功翎子功，李牧春都是扎扎实实练习过的。玉山班老师傅多，都是一代传一代的。九岁学唱腔，师傅把她关在一个没有窗户的房间里，吊嗓子。师傅坐在隔壁房间，拉胡琴。师傅听着李牧春的声音，若是没听到了，便闯进门来。师傅不打她，但她畏惧师傅。师傅眼神凌厉，她浑会害怕。师傅说，唱腔的第一条，便是敞亮，戏是唱给别人听的，戏园嘈嘈杂杂，唱戏的人一开腔，要把全场声音压下去，听戏的人在五十米开外也能听出戏文，隔了一条巷子，还能听出戏文，这便是大功夫。师傅在隔壁房间听了半年，觉得孩子唱起来，像在自己跟前唱的一样。他又隔一个厅去听，又听了一年，隔了两个厅去听，听了三年，在大院的任何一个角落听，都能清晰听出李牧春准确的吐字。练声的前半年，声带火烧一样辣辣痛，吐出的口水有淡淡血丝。声带刀片刮一样痛，吞水下去都疼。师娘在山涧边，采来野菊花，晒干，给她泡水喝。秋燥时节，嘴巴张合次数多幅度大，李牧春的嘴角生生裂开，露出殷红的肉质。九岁那年，有一次，她没练功，怕被师傅发现挨罚，躲在阁楼的谷仓里，想母亲。躲到晚边，天阴沉了，她迷迷糊糊睡着了。到了深夜，肚子饿坏了，醒来，下楼找东西吃。师娘听得木楼梯踢嗒踢嗒脚步声，叫："牧春，牧春。"她见师娘坐在椅子上哭。她不知道师娘为什么那么晚还不睡，还在哭。"孩子，你跑哪儿去了呢？一家人急死了，师傅还在外面找你呢。"师娘说。师娘把李牧春搂在怀里，说，快去叫大师兄，把师傅找回来，你师傅人老了，还得你照顾师傅，多听师傅的话呀。那一天，她明白，师傅师娘多么爱自己。有很多快乐的时候。大院里，孩子多，练功的人多，很是热闹。最快乐的时候，便是去小镇赶集。小镇离锦溪有五里路，岩溪边，弯过两个山梁，便到了。每月初八，村村寨寨的人从四面八方来到集镇，用提篮，用箩筐，用竹箕，用包袱，把山货、竹器、木器带到集镇上，卖了钱，买些布料、粗盐、酒、药材、烟丝回家。集市喧闹，有很多平时吃不到的吃食，被挑担的人挑来。师娘也带茶叶、刺绣上街卖。她帮师娘提篮子，蹦蹦跳跳地跟在师娘后面。回来的时候，师娘会给她买一包马骨糖，或者一条小手绢。她会开心很多天，觉得练功再苦，也不苦。

老人给我说这些事，她的眼睛一直看着墙上的照片。"已经有十多年没去过锦溪了，大部分人都不在了。也不知道锦溪现在怎么样。"老人自言自语地说，"人老了，一些地方一些人，会嵌进肉里，结起来，硬硬的，只有人死了，硬硬的东西才会烂，和肉身一起烂。”这是我第一次拜访老人。我说我是枫林人。她上上下下地打量我，说，枫林好，枫林人好。然后，她呵呵呵地笑起来。李牧春在我村里住过十五年。她是一九六二年落户过来的。之前的四年，她在朱湖劳改农场度过。她不认识我，她离开的时候，我才八岁，还是个孩子。

郑坊，又名郑家坊，地处灵山北部，是上饶县与德兴、玉山、横峰四县交界之处，与葛源一山相隔。李牧春对郑坊并不陌生。一九三一年，她来这里做过五天的戏。一九三〇年冬，在乐平鸬鹚乡公所做戏的李牧春，深夜迎来了客人。夜场戏结束后，李牧春正在家里卸妆，笃笃笃，笃笃笃，门被敲响了。林凤鸣开了门，见是一个五十多岁的男人，戴一顶黑呢绒宽边帽，穿灰呢长衫，宽脸圆额，气宇俊朗：“你找哪位？”来人也不答话，顺势推开门，侧身进去，反手把门合上，说：“李牧春住这里吗？”

“谁呀？”李牧春听见说话声，随口应了。

客人脱下帽子，说：“还认识我吗？”

林凤鸣倒了茶水，说：“腊月的戏排到年关了，做戏今年是没空了。”

李牧春借着马灯的暗光，看看来人觉得面熟，说：“你是？是林老板？”

客人说：“你真好眼力，不愧是赣东北名角。”

林凤鸣有些忐忑不安，不知道来人，到底是干什么的。他发现客人的右手一直抄在长衫的口袋里，鼓鼓的，他怀疑客人握着短枪。林凤鸣从腰上解下长巾，假意洗脸，把长巾浸湿，捏在手上，挨着客人身边坐下。长巾在练武习戏之人手里，可做鞭子，比棍子厉害，随时防身。

李牧春说："林老板这么晚来，是不是又想来一次三堂会演呀？"林老板说，不敢惊动名角，不敢不敢，不过有一个人想请您，做大戏。李牧春说，我们饶河班哪做得了大戏呢？跑来跑去为了糊口。林老板说，我是跑腿的，想请你的人，忙得脱不开身，我代劳。李牧春说，哪位这么大面子，请林老板出马。林老板喝了一口茶，说，请你的人是方主席，方志敏主席。李牧春端在手上的杯子，当啷一声，碎在地上。林老板说："苏维埃政府很需要文艺宣传，今年八月，成立了红军文工团，到苏区各个地方去宣传苏区政策，号召年轻人报名参军，鼓舞群众联合起来，和国民党斗争。国民党政府像一个烂脓疮，排毒是没用的，只有把脓疮剜出来。你也是名角，号召力强。"

李牧春夫妇你看看我，我看看你，一句话也说不出来。林老板说："解救劳苦大众，强我中华，需要我们每一个人，这样吧，你今晚不忙于答应，你们商量商量，过几天我再来找你们。"林老板起身走了。

方志敏主席，谁人不知呢？家喻户晓。

林凤鸣请来老爹林班主，和媳妇一起商量这个事。三个人谁也没说话，呆呆地坐了一会儿。林班主说，方主席是个大角色，三把枪摸光了横峰县国民党衙役官差，是个文武将。林凤鸣说，我们不参加文艺宣传团，林老板会不会派人来为难我们？林班主说，什么话呀，林老板文质彬彬的一个人，也是风里来雨里去的人，和我们无冤无仇，他为穷人闹革命。李牧春说，方主席为穷人打天下，这个我们都知道，只是不知道要为文工团做多长时间的戏。

第四天，雨夜。饶河班没有唱戏。林班主和儿子儿媳妇一起喝茶。李牧春泡好的茶，班主喝了一口，便倒掉了，说："你这个是什么茶叶，怎么没有茶叶味呢。""还是以前的茶呀。"儿媳妇说。林凤鸣说："爹，是你嘴巴没味，什么东西都不入口。"笃笃笃，笃笃笃。有人叩门。林凤鸣看了一眼爹和媳妇，去开门了。进来了三个人。一个是林老板，另两个面生，一个三十来岁，大脚板，穿蓑衣戴斗笠，有密密的胡楂；一个二十多岁，面白，长刀脸，穿蓑衣戴斗笠，脚上是一双高帮马靴。林老板还是上次的装扮，多了一把黑色木骨油扇。林班主和林老板也是老相识，相互客气地抱拳让座。林班主说，还没吃饭吧，先煮碗面吃吃，你看看，一别这么多年了，你还是老样子，风度有加呀。林老板说，老班主啊，相别有年，绿水长流呀，我们还真饿了，走了三十多里路，吃碗面也好。林班主说，这么大的雨，走长路，辛苦辛苦，你们从哪里来呀？林老板说，我们刚从黄柏塘过来。

林班主张大了嘴巴，合拢回去，不说话。前两天，林班主听人说，黄柏塘的徐源彪被人暗杀了。黄柏塘人叫他徐员外，有布庄、盐庄，还办了私塾。他想不明白，徐源彪怎么被人杀了呢？林班主想问问林老板却觉得不方便，又把话咽了回去。

吃了面，林老板问李牧春："去文工团吗？"李牧春看看爹，看看老公，没说话。两个面生的人，始终站在门内的弄堂里，不说话，也不坐，抬起头，看着乌黑黑的天。天咕隆隆地打起冬雷。雨从天井里倾泻而下，哗啦哗啦，掀起一阵阵寒风。林班主说，支持革命，去，去，儿子你也一起去。林老板说，老班主豪侠人，他们什么时间动身呢？林班主说，这边的戏，收了钱，要做完，年关也到了，这样吧，我们都是老相熟了，过完元宵便去。林老板拱手作揖，说，以后我们就是革命同志了，在葛源恭候两位名角了，告辞了。

老班主喝了一碗茶。

李牧春夫妇到了葛源，才知道，林老板抛下家业，来葛源，任红军文工团团长，文工团下有三个演出队。李牧春夫妇在赣东北很多地方，随文工团演出。在曹溪，在葛溪，在米岭，在张村，在望仙，在姜村，在郑坊，在石人，在茗洋，在湖村，在港边，都演出过。白天走路，青布包了一把油扇，穿苎麻草鞋，裹腿绑，杨柳枝编帽。在哪个村过夜，便在哪个村做戏，临时用门板搭台，点松明灯，被单做幕布，湿红纸搽脸做胭脂，木炭灰调猪油做黑釉彩。演的不是饶河戏，也不是信河戏，是宣传团自己编的戏，有话剧，有独幕剧，有歌曲，也有旧戏改编的新戏，如《击鼓骂蒋》《邵式平活捉张天师》《空城计》《消灭白狗子》《早婚之害》。歌曲一般是童谣式的，短句，朗朗上口。山村之夜，一个村庄也没几盏灯，亮起松明灯，戏开演了，村里男女老少呼啦啦全来。

演员一般来自列宁师范学校和列宁小学的教员，以及葛源一带农民，也有不多的来自赣东北各地班社人。剧本由在葛源工作的上海左翼作家编写。文工团到了哪个村庄，便在哪儿刷红军标语："农民兄弟团结起来，打倒国民党反动派""没饭吃的穷人快来参加红军""工农红军是穷人的军队"。演出结束，现场报名参军："穷人兄弟们，工农红军是推翻国民党反动派的军队，快来参加工农红军，有饭吃，有衣穿，打土豪，分田地，现在可以报名参军。"看戏的人，听说有饭吃，跟着文工团走了。给地主看牛的牧童，见文工团路过，把牛一扔，跟部队走了。打柴的人扔下柴刀，跟部队走了。

郑家坊离苏家桥隔了一座山。文工团在郑家坊、洲村、台湖、枫林、西山演出了五天，翻过马蹄岭，去苏家桥演出。演出是秘密进行的。苏家桥有徐氏、陈氏、毛氏、吴氏、缪氏几个大姓，乡民贫苦，社会矛盾激烈，族姓斗争白炽化，势均力敌，但从没发生过族姓的大规模械斗。演出地点，在石人殿。殿是座老殿，始建于东晋，重建于唐贞元六年（790），供奉刘太真、李德胜二神，殿又以神名，称刘将军庙、李真君庙等。宋宣和二年（1120）九月，朝廷赐鹰武殿额，亦有鹰武殿、鹰武庙之称。庙宇雄伟，有正殿两栋、山门一栋。山门前，置钱库、灵山胜会牌坊及碑亭、文昌阁、敕建亭，亭前有万安桥，桥前有观音阁。四周古树参天，千年香樟郁郁葱葱。文工团演出的剧目是旧戏《击鼓骂曹》改编的《击鼓骂蒋》。戏演了一半，殿被保安团包围了。砰砰砰，几声枪响，看戏的人乱作一团，四散而逃。保安团来了三十多个人，围了四扇门，能说当地方言又没化戏妆的人，逐一放出去。文工团的人踢翻烛台，熄灭松明灯，乘机混入人群。没有灯光，哭声叫喊声沸腾。李牧春夫妇是习武之人,翻梁上柱,躲在厅堂之上的巨大匾额后,藏了起来。殿里留下不会说本地方言和化了戏妆的人,有十三人。文工团只有两支抢,一支短枪团长佩戴,一支长枪藏在道具箱里,不知捏在谁手上。林老板拔出枪,啪啪啪,开了三枪,子弹没了。保安团一阵乱枪,林老板应声倒地。文工团的人拿起刀具,往门外冲,被乱枪扫射。有的倒在树下,有的倒在水沟里,有的倒在门槛上。保安团开始搜殿,提着嗤嗤作响的马灯,一个地方一个地方地搜,搜出了三个(一个躲在床顶上,一个躲在水井下,一个躲在柴房的草堆里),被保安团带走。保安团清点了现场的人,枪伤四人、枪杀三人,活捉三人。

天快亮了,李牧春夫妇脱了戏服,出了殿,往后山跑,上石人峰,往清水青峰堂下山,双腿瘫软,饿得说话的力气都没了,拔起路边菜地的萝卜,往嘴巴里塞,一直塞到吃下去的东西吐出来,才缓下神来。又走了半天的路,到了河口码头,坐了一天一夜的船,到了鄱阳。秋天已尽,大雪即将来临,恍如隔世。一九三五年四月谷雨,饶河班在余江县潢溪做戏,李牧春听说两个月前,方志敏主席在怀玉山被捕,告密的警卫员魏长发正是苏家桥人。

李牧春夫妇提了两袋行李,来到枫林大队,已是傍晚。大队举行了简短的茶话会,表示欢迎。许多人还认得她。当年她在村里演《邵式平活捉张天师》,英姿飒爽,当即有十三人报名参加工农红军。这十三人只有两个人有音讯。一个人的音讯是一个木盒子,盒子里有一件抗美援朝志愿军军服、一份二十多个字的家书、一张部队证明书、一张解放上海时的战前照片。另一个人的音讯是一封信,发自香港,信里说,在皖南被俘后,入了国民党军,后败退台湾,转道去了香港,做清洁工。大队部优待了李牧春夫妻。大队书记是一个抗美援朝回乡的退伍军人,安排李牧春去即将开办的中小学教书,因林凤鸣声带已被烧坏,安排在大队部食堂烧饭。

大队选了全家庙做学校,老师三个,李牧春、下派干部王雪霁、退伍军人杨文角。杨文角任校长,学生共有四十三人。学校和大队部合伙吃饭。李牧春白天教语文和音乐,晚上教识字课。识字课是为扫盲班开的,三个班,一个班二十个人,一个晚上教十个生字。

林凤鸣的声带在一九四二年已经坏掉了,自己吞炭烧坏的。日军大本营于一九四二年四月二十一日决定进行以摧毁浙赣两省飞机场为目标的"浙赣作战"。浙赣会战由此爆发。六月,石井四郎做指挥者,日军部队在食物、水源等,投放霍乱菌、伤寒菌、副伤寒菌、鼠疫菌等,实施细菌战。六月十一日至十四日,江山、玉山、广丰、上饶等地失守沦陷。七月一日,日军转守为攻,大肆破坏机场,拆毁铁路,进入江西占领东大门赣东北,大肆烧杀抢夺。霍乱在信江上游流域疯狂蔓延,死人遍野。日军参谋长尾正夫大佐是个戏迷,知道饶河班是赣东北第一大班,叫翻译去请戏。林凤鸣已是班主,对翻译官说,我去面见长官一下,定一下剧目,饶河戏剧目太多,不知道长官要我唱哪一出。见了尾正夫大佐,林凤鸣说,中国的戏太多,长官想听哪一出,定了剧目,我才可以精心准备。翻译说,尾正夫大佐想听汤显祖的戏,点一出《还魂记》。“花花草草由人恋，生生死死随人愿，便酸酸楚楚无人怨。”林凤鸣唱了一句，说，生死了人愿，我们生由不得自己，死也由不得自己，我们饶河班哪有资格去唱汤老先祖的戏呢？翻译官大怒，拔出佩刀，指着林凤鸣的咽喉，说，唱也得唱，不唱也得唱。林凤鸣说，我们饶河班只唱一出戏，唱我们的岳老爷。他拍拍衣服上的灰尘，唱道：

风雪狱门传凶信，
儿啦，
眼看父子要归阴。
你妙龄习武报国志，
幼年随父远从军。
英勇杀敌把国保，
常慰父母一片心。
今日遭贼毒辣手，
可叹你年少正青春。
不负双亲长教诲，
你是岳家好子孙。
十年转战杀金兵，
不死沙场死朝廷。
野火寸草烧不尽，
泰山鸿毛知重轻。
风雪除夕难终夜，

精忠报国付烟云。

孩儿休要心悲伤，

岳家父子忧愁化。

…………

唱完，林凤鸣走到火炉边，用手夹起一块烧红的木炭，吞进了咽喉。嗞嗞嗞，口腔冒出一股白烟。

人是活着回来了，只留下了半条命。饶河班也解散了。

一九四九年五月三日，上饶解放。一九五三年，正式成立赣剧团，把信河戏（乱弹腔）、饶河戏（皮黄）、高腔（弋阳腔），与赣化昆曲相互融合，形成了新的剧种——赣剧。赣东北地区先后成立了九个赣剧团，发掘旧戏，改编旧戏，表演旧戏，并编写、排演新戏。弋阳腔是中国古代四大声腔之一，源于南戏，唐末宋初雏形为江西弋阳，形成于元末明初，以赣方言入腔，故称赣语高腔。李牧春是赣东北梨园名角，既能表演信河戏，又能表演饶河戏，有丰富的表演经验，被选入上饶地区赣剧团。她能熟练表演三十六个剧目。

林凤鸣出生于湖区，是个捕鱼高手，每天去饶北河捕鱼。他用一个大网兜，拍打河堤下的石缝，啪，啪，啪，鱼受到惊吓，跳出来，落进网兜里。有一天，林凤鸣没捕上鱼，却抱了一个婴儿回来。婴儿睡在一个提篮里，被一条包被包着。林凤鸣对李牧春说，上午去河里，在河边石埠上，看见了篮子里的小孩，便提回来了。李牧春把婴儿抱在手上，婴儿咯咯咯地笑。婴儿三个月大，白皙，小长脸，眼睛乌溜溜地转。李牧春一下子喜欢上了这个小孩。李牧春已一年多没看过自己的孩子了。林青阳只简短地习武练戏，一九四六年，考入苏州大学医科，并一直留在苏州工作。李牧春说，我们收养过来吧。林凤鸣说，一个人有一个人的命，这么讨人爱的孩子，被父母舍弃，一定是养不活呀。林凤鸣在篮子里，翻出一张生辰八字贴，和一封写在草纸上的字条。孩子生于农历一九六四年二月十六日，希望好心人收留。李牧春看了字条，心里难受。她觉得孩子比自己还苦命。正是大野豌豆开花的时候，山坡上，淡紫的花开得很是娇美，山风吹来，哗啦啦地招摇。李牧春给孩子取名林采薇。林凤鸣捉蚱蜢、蝉、葛蛹，晒干，磨成粉末，用米汤煮熟了，给婴儿吃。

一九六六年，“文化大革命”全面爆发。因为村里并没有什么人读过书，鲜有家庭受到牵连。李牧春又被抽到大队当记账员。全家庙有里外两个大厅堂，两边还有厢房和菜园，中间是一个大天井。李牧春一家便住在这里。全家庙有些偏，晚上也无人来串门。死寂的村庄，在夜晚，像沉没于大海的古墓。

那些年头李牧春时常坐在房间里发傻，静静地流眼泪。边流眼泪边压低嗓子，哼唱道：

骤相见又惊又喜
人对面屏障千重
还不知是酸是痛
那遗恨无穷无尽

越唱,泪水流得越酸楚,哗哗哗,没办法自抑。泪水流够了,人也舒坦畅快多了。但这样的戏文,再也没机会唱了,只能偷偷地哼。不能唱,那就写下来。

饶河戏和信河戏,从来没有纸质戏文,几百年以来,戏文都是靠一代代师傅口口相授。李牧春用账目本把戏文写下来,写一页藏一页,藏在档案袋里,用红墨水标号,放进棺材里。祠堂有木板阁楼,放了一副老棺材,棺材不会有人动。林凤鸣教女儿练功。李牧春要把这些戏文传给女儿,不能藏在肚子里带进棺材。

一九七八年,李牧春夫妇被彻底平反。返城时,李牧春请求大队书记:“在这里生活十余年,你对我颇多照顾,我晓得,我已是暮年之人,想买一副棺材回城,算是纪念吧。”书记说:“没有用棺材送人的,这样吧,我们多打两床棉被子、两个木箱,算是你闺女以后嫁妆吧。”林采薇也成了大姑娘,亭亭玉立。

一九八三年,上饶地区下辖的十二个县市,恢复和组建了十个赣剧团、一个高腔剧团(弋阳)、一个婺剧团(婺源)。我们一年最快乐的时光,便是赣剧团派员来村里唱戏。解放牌的大卡车,拉一车的道具,拉一车的人。我们站在马路边,看见车斗上的演员向我们招手,我们说不出的激动。我记得,有一年,我已经上初中了。我哥走八里路到学校,找我,说,晚上回家吧。我说,还没放假呢。哥说,晚上村里演戏,赣剧团下来了,演两天。我还没等到放学,随哥回家了。是霜降之后的时节,晚上下雨。剧团放在小学操场演出,搭了一个宽大的木台,木台上遮了一个塑料皮雨棚。我们穿着蓑衣站在台下看。戏是《陆游与唐婉》，母亲一边看一边哭。第二个晚上，戏是《还魂记》，母亲又是一边看一边哭。父亲笑嘻嘻地取笑母亲，说，戏是假的，怎么这样认真呢？母亲回应说："你要会看戏，狗都会去耕田了。"

县里的赣剧团，一年也难得来一次。平时，都是附近乡镇班社来演出。一般在拜谱、春社、庙会、秋收、冬至、腊月、正月、婚嫁、做寿时，请班社来唱个三五场。唱的是折子戏，不是全戏。

二十世纪九十年代初，电视机逐渐普及，便再也无班社进村了，大部分乡村班社也解散了。一九九〇年后，县赣剧团除了一年几场送戏下乡，再也无其他群众性演出，也没人来请，演了也没什么人看，剧团处于半解散状态。新世纪之后，乡村班社剧团再度兴盛。二〇一二年，皂头人杨善东把散落各处的信河戏主创人员组织起来，创建信河班社，有五十多人，走乡入村，名头不凡。

事实上，我从没看过李牧春表演，也没看过林采薇表演。林采薇后来考上北京的一个戏剧学校，并留校工作。我再也没见过她。林凤鸣返城第三年，便故去了。声带坏了之后，他成了一个沉默的人。也可能是，他要说的话，前半生已经说完。在去世之前的两年，他在南门卖过烤红薯。他的户籍一直在鄱阳农村，但他几乎不回去。早晨，他用一个板车拉一个硬炭烤炉，弓着身子，拉到南门十字街右边街角，板车上竖一块纸牌：烤红薯五分钱一斤，包甜。很少有人认识他，更少有人知道他曾经是个大武生。他的头发在五十来岁的时候，已经完全花白，双腿可能是由于年轻时练功受伤而走路时往两边撇，身子左右摇晃。每天中午，一个老太太，提一个铝盒，拎饭来，给卖烤红薯的人吃。无论冬夏，他吃饭时都会满头大汗。老太太一只手拍他后背，一只手用毛巾给他抹汗。最后一次见李牧春老人，是在一九九四年春天。在桃花源公寓。这是一个老年公寓，在宝泽楼侧边。她住在三楼右边最后一间房。她已无法照顾自己生活。她靠在床上，盖着大花被子。她的颧骨凸出来，口腔两边的肉凹进去。她的脸，有一层蜡蜡的油黄，皱纹勒进肉里。她看见我进去，说，枫林的。她很少会谈起演戏。即使谈，语气也是淡淡的。她说，演好一部戏太难，做一个单纯去演戏的人太难，她这一生，只想演戏，没想过别的，但一切都由不得自己。她床边写字桌下边有一个抽屉，她侧身可随手拉开。她从抽屉里，拿出两样东西，一样是小孩旧内衣，一样是一个大信封。旧内衣是她母亲的信物，也最终成了遗物。大信封里，有三张照片：一张是锦溪大院的，和师傅师娘在一起的合影；一张是自己的全家福合影，彩色的，塑封得很妥帖；一张是舞台表演时，被人拍的，也不知道拍于哪一年，照片上的人，还很年轻，挥着水袖，侧脸回眸的瞬间，有几分羞赧，眼神炯炯。

焚泥结庐

“泥是我的胞衣,也是我的棺椁。哥郎,你知道的,我一辈子都是在挖泥、拉泥、踩泥,我死了,不要棺材,用泥把我裹起来,扔到后山去。”荣岩拉着我父亲的手说。他躺在平头床上,头靠在一个茶叶袋上,嘴巴里流着长长的涎水。他已经躺了半个多月了,他的身子呈塌陷状,曾像羊皮鼓绷紧的肌肉无影无踪了,蓄水一样的力气消失了。荣岩的颧骨像两块裸露的鹅卵石,眼眶凹进去。父亲给他倒了一小杯酒,说:“你少说话,烟抽不了,喝口小酒吧。”父亲抱起他的头,用衣袖揩了揩荣岩的脸,又说:“我们一辈子都在还债,我们从泥里挖了多少,也要还回去多少,谁都不欠谁,最后了,一拍两清。”

他们是土陶厂的工友,从十八郎当岁在一起做事。荣岩是个拉泥工,也是个踩泥工。比我父亲小三岁,我叫他荣叔。土陶厂在公路边的山坳里。纵目而去,从群山逶迤而来的饶北河,在两座山狭长地带，围成一个小湖泊。土陶厂并不大，有四个芦苇蓬，一个晒陶坯的场院，一个踩泥池，两条堆陶器的地垄，和两口陶窑。公路下，是一片扇形的田畴。田畴平坦，一条田埂远远看去，仿佛是编织的花边——蓝铃、猪牙、黄水仙、银莲，贴着埂边开着各色的花，黄黄的，紫紫的，白白的，到了夏季，瓜果在竹架上挂着，有黄瓜、冬瓜、丝瓜、金瓜，也有刀豆、扁豆、白玉豆、四季豆、豇豆，竹架上爬了丝蔓。河边有一个洼地，乳酸草、水鳖茂密地生长。水鳖在雨季，叶子圆圆的肥厚，浅黄的花一夜间浮出来，像黄晕晕的灯盏。把草翻挖下去，有厚厚的烟灰色的泥。每天，天麻麻亮，荣叔用阔嘴铲把泥铲到平板车里。那时他还年轻，手臂像两根暴长的杉木，滚圆滚圆的。他拉着满车的泥墩，埋着头，车绳勒进他的肩膀，他用手拖着车把，往砂子斜坡上拉。他长年打赤脚，脚趾收缩，吸盘一样吸附在地面，脚趾像五个患难的兄弟，在爬坡的时候，紧紧团结在一起，血液的恩情使它们再也不会分开。过了斜坡，拐过一条甬道，便是踩泥池。他坐在车把上，抽一根烟，再把泥卸在池里。一个早上，他拉了两车再吃饭。我坐在院子里晨读，看见荣叔上坡，我跑下去，在车后推车。他唏呼唏呼的喘气声有舒缓的节奏，随着喘气声而起伏的后背，看起来和山梁差不多。他抽烟的时候，嘴巴张得像钵头一样，烟在里面打滚。他喜欢谈白①。他说，老六，你以后不读书了，来做个窑工，女人争抢着找窑工呢。

一池的窑泥要拉二十来趟板车，荣叔两天拉完。再给池子

① 谈白：江西上饶方言，指聊天、闲谈等。（编者注）

浇上十几担水，泡浆。他牵来水牛，喂一畚斗的米皮糠，给牛脸蒙上一块黑布，赶到泥池里。他一手拿一根竹梢，一手拽牛绳，嘿，抽一下牛屁股。牛沿着池子打转圈。荣叔也跟着打转圈。打了几个转圈，牛不走了，嘛——哞——，嘛——哞——，牛叫得低沉悠长，叫得人心里胀胀的。荣叔抱来一捆草，自言自语地说，谁叫你是牛呢？是牛就要踩窑泥。泥浆里全是脚印、牛蹄印，一窝一窝，蹄印叠着蹄印。被踩了一天的泥浆，变稠，变胶样，泥熟了，切成肥墩墩的一块块，搬到芦苇蓬里，制土陶。

土陶一般有土瓮、酒缸、水缸、钵头、壶、菜缸、酱缸、酒瓮、灯盏、油罐子、酱油罐子、盐罐子、调味罐子、茶壶、夜壶、瓦、砖，规格不一。制陶师有三个，文港、水桶、阳鱼。水桶和阳鱼是文港的徒弟，做了三年，也成了师傅。文港是个瘸子，走路像撑船。他用一条灰色的麻布绑在腰上，裤子松松垮垮，一个布结拳头大，翻出来。下雨的时候，做不了事，他一手捏一个毛竹筒，另一只手操一根油茶树小圆木，去村里的妇女家坐坐。妇女一般是寡妇。村里有寡妇四个：官葬山一个，石灰窑一个，溪边一个，弄里一个。文港去寡妇家里，裤兜里揣几块钱，或用纸包一斤肉。要到了傍晚，他才回家。他笑眯眯的，脸上漾着酒驼色，酒糟鼻像个开烂的红辣椒。他到了家，他老婆马上从后门逃出来。她的肥裆裤在膝盖的部位各补了两块圆圆的布片，芋荷叶一样的布片，头发用一根毛线绑着。她跳过一个水沟，爬上一段矮墙，滚下来，到了我家后院。文港的声音也到了后院："翻墙是不是摔不死呀，夜边[1]了，饭在哪里还不知道。”他老婆叫春兰，一下子抱住我妈的大腿，说：“拐子不是好人，要把我打死。”她露出脚踝，是木棍的淤青。文港坐在大门的石凳上，唱小调，咿咿呀呀，谁也听不懂的小调。一边唱一边摇头晃脑，嘴角流出白白的口水。他是一个胆子特别大的人，村里死了人，都是他去洗身。他把死人抱到泡猪桶里，倒一担温水，用稻草刷，翻来翻去洗。他不怕死人。他说：“死人有什么可怕的，死人要不了几天，都成了泥。你看看，我天天都鞭挞泥，在一块石板上，把泥摔下，揉软，再摔下，再揉，揉饭团一样，把泥浆里的空气全部揉出来，泥结实了，瓦才不会被雨打碎。你看看，枫林村这二三十年里的屋舍，有哪家人说我做的瓦不好，我做的缸不好用，没有的。”但他自己的房子没有瓦，是用茅草席盖的，用竹篾编起来，一列一列地压在悬梁和木条上。他边洗边说，还时不时喝一口小酒。苍蝇飞来飞去。他又说，人和泥都是一个德行，经得起摔经得起用，却经不起碎，再好的水缸一铁锤下去，全烂了，烂了就是死了，补也补不了。他一个人坐在厢房里，给死人守夜。靠在门框上打盹，头耷拉耷拉地舂米一般，他睁开眼，用筷子夹脸盆里的猪肉下酒，一个晚上，把整个脸盘的肉吃光。他要吃三分熟七分生的肉，厚厚的，巴掌大，肉皮带点猪毛楂，他把整块肉塞进嘴巴，露出的一截，用手捂着，慢慢往嘴巴里挤。文港有两个儿子，一个叫水榕，一个叫水杉，都到了上学年龄，还没去学堂。文港说，以后做陶匠，做陶匠又不要识字。水榕水杉特别顽皮，黄瓜

① 夜边，江西上饶方言，指傍晚。

没熟，只有指头长，他们也摘下来吃，有时一个下午，坐在田埂上，躲在豆蓬里，剥青豆吃，吃得肚子滚圆圆的，回家。他们还会用铁丝编制笼子，四四方方，笼子里挂一条河鱼，放在田埂下的涵洞里，过一两个晚上，笼子有了田鼠或黄鼠狼，烤来吃。有一次下午，他们还跑到我家厨房，把半碗猪油喝了。他们赤膊赤脚，手上始终有一根圆木棍，去田头菜地捉蛇。把蛇圈在腰上，当皮带。到了寒冬，他们再也不出来，窝在床上。好几次，我父亲对文港说："你也得给孩子缲一件棉袄，小孩子窝在床上，不是办法。"文港说，小孩都是冻大的，哪会有怕冻的小孩呢？我母亲捡拾了几件家里的旧棉袄，给文港两个小孩。

我们一眼望过去，能看见的是光、水和泥。空气是看不见的，花香味是看不见的。光从天上泻下来，无声无息。水在河里湍流，在雨里噼噼啪啪，往石缝里渗。泥以鸟的形式叫，以油蛉的形式低吟，以虎的形式咆哮，以草木的形式一岁一枯荣，以人的形式更替。荣叔死的时候，我还在小镇的一个乡间中学教书。父亲急忙忙地把我叫回家，说："荣叔才五十多岁，你去送送。"荣叔侧着身子，伸出手，想拉拉我的手，手直直的，却怎么也伸不出来。荣叔说，一辈子的力气，全用完了，用完了，人身就是废物了，是一堆烂泥。他得的是水湿，先是骨关节痛，针扎似的。他拉不了泥，也踩不了泥。他用一个平板车拉盐罐子、菜缸、酱缸、小瓦罐，去周边的各个村子卖。车头上挂一个铝盒，铝盒里是饭菜。他手腕上扎一个摇铃，到了村里，当当当，小孩围过来，大人也围过来。过了两年，脚再也走不了路，他坐在自己做的一个四方形木架里，下面安了四个铁轮子，他老婆推他出来，在村子里转转。他全身水肿，看起来和一根熟透了的冬瓜差不多。中医说，他打赤脚太多，踩窑泥太多，水气全进了身体里，人的身体像个烟囱，烟全堵在里面，柴火怎么烧，都会慢慢熄。他老婆干瘦干瘦，一节火柴一样。她几次来我家，对我父亲说，劳力没了，生活怎么过呢？父亲说，叫荣岩去厂里称柴火吧，工钱会低一些。他站不起来，只能看看秤，做个记录。父亲私下几次对我嘱咐，说荣叔不会有太长时间了，他那个儿子，你得想想办法照顾，找一个好师傅学一门好手艺。荣叔三岁丧父，自己到了三十好几才结婚，好不容易得了个儿子，命根子看待。生儿子时，家里穷，老婆坐月子没肉吃，连奶水都没有。荣叔用绳子把家里的猫吊死。猫吊在木楼梯上，伸出长长的舌头。猫都养了六七年了，听话，温顺，舔着荣叔的脸睡觉。吊它的前两天，猫一直蜷缩在灶台上，喵喵喵喵地叫。日夜叫。叫得荣叔心里痛，凄苦地痛。他看见猫的四肢在发僵，眼球暴突，他咚咚咚地用头撞墙。他说，儿子是猫投胎，叫儿子春猫吧。

我坐在荣叔的床沿，也不知道说些什么。记得年少时，我们一群小孩子去土陶厂玩，他老婆烤芋头给我们吃。芋头是用木炭火煨的，松松软软，把粗糙的毛皮剥开，白白的芋肉有一股热热的香味。枣子熟了，她用饭箕端米枣给大家吃，一人一把。枣子有细细皲裂的斑纹，吃起来，生生脆脆，牙齿都有甜味。到了我外出读书，每逢暑假，我和他一起在土陶厂守夜，看守器物。在空地里，我们一人一张竹床，打赤膊，盖条小毛毯。月亮早早地出来,水汪汪的。溺水的月亮,光晕里荡漾着没有波纹的灰蓝色。山梁一座座相连,尖尖的山巅有银辉闪耀,像终年不化的积雪。山梁间的弧线像奔跑的狼狗脊背。田畴里,青蛙肆意地叫,叫得又欢又快。稀疏的柳树里,有白白亮亮的水叮叮咚咚响。遥远的星宿,低低地垂下幕帘,悬挂在屋顶上。原始的夜空和我们的灵魂相依相偎。在时间的河流中,我们都是逆水而行的。现在,荣叔已经到了最后一个码头——他来到这个世界的地方。他躺在蒲席上,大头苍蝇嗡嗡嗡,在墙上,在窗玻璃上,在床栏上,飞飞停停。房间里有一种口痰的腥臭味。他后院里的樟树上,有几只乌鸦,叫了三五天了,呜啊呜啊,叫得人发慌。用石头扔它,它跳几下,不走。蒲席是旧的,有常年的肌肤油脂滚磨了的熟黄,似乎还有年轻妇人奶孩子的温暖,还有梦境的美好印迹,还有滚热泪水的渍液存记。荣叔的身子有了陶泥的色泽,灰暗的、浅褐的、灰烬的那种颜色。他们一家人哭了起来。荣叔再也听不到,或许听到了,我们也无从知晓。他的眼角涌出了两行泪水,最后的,仅有的。

在河边的洼地里,我们一群小孩经常在夏日黄昏时分去滚陶泥浆。把陶泥抹遍全身,连裤衩也不穿。滚累了,我们坐在河边的石堤上。溽热的暑气一会儿把身上的陶泥熏干。我能感觉到,泥浆慢慢在皮肤上收缩,嘶,嘶,嘶,嘶,泥浆有了裂隙。皮肤有轻度灼热的微痛,泥浆从黑褐色变灰褐色,变灰白色,最后干裂。我们站起来,跳几下,碎片啪啪啪地落了一地。我们钻入水里,浮游。我们也把水缸抬来,放在一个汽车轮胎上,移到河里。

我们一人坐在一个水缸里，在河里玩。收工的荣叔通常就是那个端水缸回家的人。

地垄里，码着一排排的水缸、土瓮。星期天或节假日，外地有一些货车，突突突，开到厂里，把土陶器物拉走。器物都用稻草绳捆绑好，小孩子负责搬小器物，用竹箕挑或扁篓背——那像是小孩的节日，蹦跳着走路。——在很多年之后，我离开故地的很多年里，我特别迷恋那种火烤烟熏的泥土味。它是所有土制器物的旧时光，也是永远不会散去的体温。一个水缸，摆在陈年的院子里，即使摆了上百年，缸壁长了清幽的苔藓，水也不会腐臭。手抚摸一下水缸，冰凉的，地质深处的幽寒从缸里传来，再抚摸一下，家的温度渗透了出来——木柴在陶窑里轰轰地旺烧，白烟从天窗里蹿出来，一浪浪的，做陶人的手印手痕、脾性、气血，烧进了器物里。火烤烟熏的泥土味里有咳嗽声，有阵雨哗啦啦的倾泻声，有灌木在深山里的摇曳声，有烈日空气嗞嗞嗞的爆裂声，有木炭砰砰砰的炸裂声。这是一片田畴的微缩记忆，在某一个蓦然时刻，水波般扩散：杨柳绿了又黄，河水浅了又深，昨日的鸡舌草不忍说出寒霜的来临，早早沉降的弯月；门轻轻合上的声响，土瓮被一只手有节奏地拍打，嗡——嗡——，弦弹回去的回响；小弄堂里，喝酒声幽幽传来，再稍后一些，有一个提灯笼的人走过；泥墩在石板上，啪哒啪哒，反复地摔打，摔打泥墩的人，鼓着腮帮，憋着气，粗壮的双手像一对木浆……远古的歌谣掠过，掠过我们已经途经的山水。

火烤烟熏的泥土味是我蒙昧的开篇。盛水的是水缸，放米的是米缸，端粥的是钵头，储酒的是酒缸；大肚子的是土瓮，直肚子的是酱缸；摆在灶台上的是油罐子，放在阁楼上的是菜缸子，陈放在地窖里的是酒瓮；压在木椽上的是瓦，砌在墙里的是砖。——我知道，人从这里走出了洞穴，家有了形态，灵魂有了皈依。我们是在大地上蜗行的人，当我们日渐衰老，最终环抱着的是日渐苍凉的泥土味。我们出走，因为有了欲望。我们回来，因为需要了却。

小镇郑坊，在春秋时期，有了族群和村落。在二十世纪八十年代初期，县博物馆的考古人员，在一栋废弃的旧居里，发掘出了前秦的砖瓦和土陶。土陶是钵头和小罐子，在展览室的橱窗里，依然发出深褐色的幽光。在时间的隧道里，我们瞬间站到了两千多年的大地上，苍莽的大地，群山绵绵，饶北河浩浩荡荡漫溢了两岸。先人用土陶碗吃饭，用土钵头炆肉，架在土灶上，木柴火在暗夜熊熊地燃烧。荒蛮的时间在这里形成了对流。有了窑，才有陶。

窑，一座是旋窑，高高耸起，内空，用土砖垒起来，看起来像个碉堡，也像个稻草垛，一般用来烧砖瓦。窑是圆形的，慢慢往上收拢，有一个圆拱，拱顶开一个天窗，也是形成空气对流的通风口。有一扇两米高的窑门，可以进出两个人，烧窑的时候，手臂粗的杂木从窑门塞进去。另一座是卧窑，也叫龙窑，沿着山边向上的斜坡，从地面挖一条两米多深、四米多宽、四十余米长的槽道，用土砖砌，拱出地面，再向上砌成半圆的拱形，用瓷泥密封，在尾部开天窗，远看像一条巨蟒，通常用来烧制器物。

龙窑的火薪从不熄灭。烧窑需选一个吉日吉时,放一挂鞭炮,摆上酒肉,烧香,跪拜,算是祭窑神。点窑的火,从窑里的火薪引出来。窑在,火薪就在,世世代代相传。烧窑的师傅是文港,他剃头刮胡子,洗了澡,穿上干净的衣服,也穿上棉布鞋,点第一把火。

烧一次龙窑,至少要烧上四天四夜,旺火不熄。第一天烧的柴火是干燥的芦苇秆。芦苇秆绑成一个个圆捆,整个圆捆往里塞。站在窑口,听见火在窑里怒吼一般尖叫。第二天改用灌木烧,手腕粗的灌木整捆整捆地烧,火在窑里形成洪流,在器物间狂泻、奔流、翻滚。整个窑身发烫,空气一浪浪地翻滚。烧窑的人戴着面罩,露出两只眼睛,浑身漆黑,像头黑熊。窑师在这几天,几乎不能上床睡觉,手上拿一根铁锹,来来回回地查勘窑身,是否有漏火是否塌窑,火候是否适合。一团团胶一样的泥,准备在泥池里,随时准备堵塞危险之处。窑边堆满了柴火,一捆捆,码成墙垛。两个人烧窑,两个人抱柴火。两班人马轮换。文港听听火在窑里的叫声,就知道器物的成色。哪一段窑的器物烧嫩了,哪一段窑的器物烧老了,他用手摸窑顶,闻闻柴火烟的气息,他便心里有数。烧窑的人,用干柴火还是用湿柴火,还是半湿的柴火,一捆的量是多少,听凭文港的口令。文港酒也不敢喝,赤裸着上身,即使是冬天,也如此。一个破旧的军绿色大衣,挂在树杈上,冷了,他裹一下身子。他的脸上,身上,全是烟熏的熏黄色和柴火味。

封窑时,窑门塞满了木柴,用水一桶一桶浇湿,再用陶泥糊起来，一层糊一层。天窗也用陶泥封死。封窑结束，在我家里聚餐，钱由土陶厂支出。父亲从地窖里，用荷叶勺，舀两壶酒上来。酒是苞谷、番薯、糯米掺杂起来，由杨家老四酿的，泡了枸杞杨梅。酒辛辣，微甜，有一股番薯味。荣叔、水桶和阳鱼，还有几个烧窑师傅，围着八仙桌坐在长凳上吃，文港蹲在长凳上吃。他吃饭从不坐，蹲着吃。母亲用一个大饭甑蒸饭。他们几个都是食量很大的人。文港比父亲小两岁，食量尤其大。他从不去别人家里吃饭，也不去喝喜酒。有一次聚餐，水桶和阳鱼对文港说，师傅，中午比吃饭，两比一。碗是蓝边碗，饭甑放在八仙桌右边的香桌上，由母亲盛饭。水桶吃了十七碗，阳鱼吃了十四碗，一人躺一条躺椅上，伸直脚，摸着肚子。阳鱼说，饭吃多了像吃泥巴，一点味道也没有，塞得肚子难受。文港看着他们下桌，把饭甑搬到八仙桌上，自己吃自己盛，把饭甑里的饭全吃完，筷子敲敲碗沿，说，吃空了。他一个人吃了四十六碗。他看看桌上几个菜碗里，还有许多菜汤，他把菜汤倒在钵头里，抱起钵头，仰起头，把菜汤全喝完。他抹抹嘴巴，说，菜汤有味道，咸咸辣辣，好多年没这么饱过了。

以前，文港不是个瘸子。在十七八岁的时候，是方圆五里有名的脚夫。他走二十多里的山路，偷圆木，一根圆木至少三百来斤，一个晚上走来回。他肩上挂一个褡裢，褡裢包里是一个大饭团，腰里捆一把大砍刀，去高浆山偷木头。一年要偷三百来根。有一年，他老父生病了，想吃肉，他没钱，就去山里抓岩鹰。岩鹰筑巢在悬崖上，他拿了一根棕绳一个布袋，去岩石山。抓岩鹰的时候,被一只母鹰啄了脸,他从悬崖上滚了下来,右腿骨开裂,落下腿疾。他偷不了木头,跟制陶师学了做陶。村里人,很少会去学这门手艺,做陶太吃力,耗费体力,宁愿去做木匠、油漆匠、篾匠、箍桶匠。文港有四兄弟,但没一个是同父同母的,四兄弟有四个姓,也只有他学了做陶。做砖做瓦做缸做瓮,修窑烧窑开窑,他样样精。阳鱼做了七八年的陶,转去做石匠了。做石匠轻松,还管下午一个小点心呢,点心不是面就是炒饭,吃着心里舒坦。阳鱼说。

父亲建房子,是阳鱼当师傅的。他打两块三米长的夹板,两个木舂,来到我家。河石砌了地梁,再砌一米高的石墙,在石墙上,用夹板固定起来,把石灰调匀到黄土里,倒进夹板里,夹板两头,各站一人,用木舂夯实黄土。木舂是十来厘米粗的杉木或苦槠,一米五长,师傅握住木舂,啪嗒啪嗒,舂在泥里。小工用粪箕挑泥,一担担挑到夹板里。夯实了,抽出夹板,连着新墙,继续夯。夯了三个月,一栋房子的外墙全夯了。木匠师傅进场,东家挑个良辰吉时,上梁竖屋。这天,木匠石匠都是大师傅,好酒好烟好茶好肉地款待。竖屋喝彩头,祭阴阳祭鲁班师傅。木匠师傅唱:“福来。”围观的群众和:“呀。”师傅唱:“天地吉祥,日吉西阳,先请阴阳,再请鲁班,请到鲁班先师,缔造万年华堂,前面造起都督府,后面造起宰相堂,左边造起金银铺,右边造成囤谷仓……”

喝了彩头,再打煞。木匠用斧头划破大红公鸡鸡冠,将鸡血滴在酒中,涂抹在工具上,亲友每人手持两把薄竹片,随木匠喝彩声,一边应和一边拍打木柱。木匠大喝一声:“煞气那里逃?”手握五尺,迅速追出门外,众人也随木匠一直追到村前水口处方才罢休。打了煞,师傅爬上房梁抛馒头。师傅喝彩:福来！麦子麦子,出在何方？出在湖广州上,商人买回来,挑到店里磨成粉,东家买回来,做成馒头个个甜,大馒头,个打个,小馒头,对成对。福来！馒头落在东,代代子孙做相公;馒头落在南,代代子孙福寿长;馒头落在西,代代子孙穿朝衣;馒头落在北,代代子孙做官客。

大家哄抢馒头,师傅怎么喝彩,都没人听了。馒头抢得越快,彩头越好。

上了梁,晚上会有几桌酒宴。木匠、石匠,是最大的客人,坐主位。木匠坐左边,石匠坐右边,在一条长板凳上,频频地相互敬酒,额首示好。阳鱼弓着身子,显得有些佝偻,手指短而粗壮,额头有一道道山梁一样的皱纹。他四十岁还不到,早年说话的重金属般的嗓音都不见了,说话声音低低的,像麻鸭在叫。

用现在的话说,父亲是个农民知识分子,一辈子干体力活。他喜欢看《三国演义》《水浒传》,喜欢想很多奇奇怪怪的问题。他珠算好,记账是个能手。讲家庭琐事前,他喜欢先讲国家大事。他喜欢一个人靠在床头听广播,一边抽烟一边打瞌睡。有时他会和我讨论许多不着边际的问题。“你知道什么东西对人的摧残永无止境吗?”有一次,父亲这样问我。他是个寡言的人,但说起这些就滔滔不绝,像是另一个人。我对他的提问,发傻了。我都成家了,可我从没想过这个问题。我说,是贫穷。我又说,是疾病。父亲伸出了双手,说,你看看吧。我从来没有仔细地看过父亲的手——宽大、厚实,像干裂的旱田一样皲裂,粗粝的指甲缝隙里有黑黑的泥垢。这就是父亲的手。我突然看见了生活的脸孔——手就是生活的脸。他温和地坐在我对面,头发稀落,比我矮小,脸上的笑容仿佛是刻在岩石上。父亲说,每个人的命运都要自己去承担,我也不例外。他又说,家里的两亩田还是要种的,自己吃的菜还是要动手的,猪也要养一头,不然,你们回家过年也没了气氛。他说,泥就是我们的命运,泥对人的摧残就是把人消灭,人死了,泥还要把身体吃掉,连骨头也不放过。我握住了父亲的手,第一次,像个鸟巢,但穿过我血管的是阴寒。这可能是泥所要说的,只不过被父亲的手传达了。父亲笑了起来,说,你的手软绵绵的,像一团棉花。父亲又说,从枫林走出去的人,都是泥土煅烧出来的。

父亲在我市区的家里,我从没好好陪他。我突然觉得要好好陪他,烧他爱吃的又辣又咸的菜,烧他爱吃的猪蹄子。"文港叔死了,你知道吧。"吃饭的时候,父亲问我。我说我好久没回枫林啦,哪会知道这些呢?他才六十多岁,身体壮壮的,没想到竟然走了。父亲边喝酒边摇头,很是惋惜。

文港的大儿子水榕在市里摆了一个摊位,用推车卖烧烤。我常见到他摆在小学门口,我去接小孩放学,他远远地叫我,给我孩子吃烤鱿鱼、羊肉串、烤鸡排,在一块铁板上,用竹签串起来,转动,喷辣酱。我小孩不吃这些,他尴尬地笑笑,嘿嘿嘿,脸上堆起打褶的皮肉,眼睛像个核桃壳。卖烧烤,他也难得回家。

他讨了一个老婆,是铅山人,叫美华。在街面一个板梯间,做缲裤边的小生意,缲一条裤脚边两块钱。一家人便窝在板梯间里生活,在过道上架一个煤气灶,烧饭烧菜,晚上,把堆布料的木板搬开,搭一张架子床睡觉。上个月,一个年轻人钻进她的店里,从裤兜里掏出一个包,说,有人参卖,便宜卖,两百块钱半斤。美华拿了一根人参到隔壁药店,找营业员辨认。营业员嚼了细末,说是真的,成色不错。美华估计卖人参的年轻人是个小偷。她把半斤人参买下了,托人带给她公公吃。文港从没吃过人参,但知道人参炖鸡汤吃最好,养身子。他杀了一只鸡,放了一半的人参,包进鸡肚子里炖,炖烂了,他一餐吃完。吃得眯眯笑。文港想着,这个儿媳妇好,一年难得回家一次,心里还是惦记我这个老头子的。邻居知道文港一餐吃了那么多人参,说,人参又不是咸萝卜条,怎么可以那样吃,吃多了伤身子。文港说,身子哪有那么容易伤的,又不是豆腐做的身子。第二天,文港杀了一只番鸭,把剩下的一半人参包进鸭肚子炖汤,炖烂了,一餐吃完。睡了一个晚上,清早起来,他的脸膪肿了起来,像块刚出炉的面包,脸色熏红。他见人就说,人参补,人参补,一个晚上补出个菩萨像。过了一夜,他再也没起来,他老婆春兰叫他吃早饭,推推他,身子都硬了。村里诊所的医生毛笼说,脑出血,文港都不知道自己死了,脸上还笑眯眯的。他小儿子水杉,从广东回来,送了他父亲上山,再也没回过这个家,算起来,已有十几年了。据说,广东河源招亲,做了上门女婿,女方有三个小孩。文港的老婆,春兰,去太平圣寺生活,烧锅,打扫场院,种了几块菜园地。水榕在市郊买了一套二手房。文港住过的旧房子,如今都成了一片废墟,茅棚顶塌了一半多,门锁着,有一边的门板却没了,狗进进出出,外地来讨饭的人,卷一条草席,进去过夜。房子的泥墙还竖着,四堵墙,墙根有绿幽幽的青苔,墙面上爬满了青藤。

事实上,在二〇〇一年,土陶厂已经解散了。原因是塑料制品、玻璃制品和铝制品,基本上取代了土陶器物。那块场院被用作新农村建设,规划了居民住房,建了二十几栋两至三层半高的房子,盖琉璃瓦,外墙贴白瓷砖。土陶窑还在,是不是熄了火,我不知道。山边原先堆柴火的地方,堆满了破碎的土陶片,和废弃的次陶品。在谷雨时节,村里采茶的时候,我也会回老家看看,看看那些破碎的废弃之物。山上的茶树,一垄垄,甚是葱郁。南方雨季即将来临,桃花开后,艳阳天也将盛开在大地。做陶的人,开始拉泥,清场院,收购柴火。现在不会有这样的景象了。水桶还在做陶,在他家的旧房子里,自已垒了一个旋窑,烧煤。他不做日用器物,做工艺品。我常去水桶家坐坐,正月也约在一起吃个饭。他原来是精瘦精瘦的,眉骨很高,突出来,有一半的白眉毛,这几年有些微胖,穿件圆领衫,脸上的肉有些松弛。他大我十来岁。他的旧房是祖居,有四埴厢房,一个厅堂。他请阳鱼用黄泥把外墙重新糊了一遍,翻修了屋顶的木条,加盖了新瓦,地面铺了仿青石的地板砖。屋里的杂物家具全清了出来,做了很多木架,倚墙固定,木架上摆放着他做的土陶工艺品。工艺品主要是一些泥塑菩萨、弥勒佛、观音像等,也有手捏的泥人,小丑、黑脸、花脸,有蜘蛛侠、史瑞克、奥特曼,还有不多的茶壶、茶具。他几次对我说，没读到书可怜，睁眼瞎，饶北河一带，只有我们这里有陶泥，我们却把它埋在地里，一钱不值，愧对这方山水，你看看，连一个土陶厂都生存不下去，不如一个塑料厂，先祖给我们传衣钵的手艺都没了。他酒量不大，喝不了一会儿，伏在我肩上，拉着我的手，说说，哽咽了起来。他儿媳妇在市区开了一家陶塑体验店，给小孩玩，据说生意很好。但我没去过。他儿子学东跟他制陶，选泥、踩泥、鞭泥、拉坯、晾坯、烧窑、封窑、开窑、出窑。学东学了两年，吃不了苦，跑到外面打工，水桶把他找回来，送学东去景德镇陶瓷工艺学院拜了三年师，学东安静了下来，在家里又重新学制陶。水桶说，那么苦的年代，我们都过来了，饭吃不饱，天天鞭挞泥摔泥墩，我要守着手艺到死。

每次去看旧陶厂，我是想获得一些慰藉，但每次看了之后，反而心里更难受。我不明就里地难受。有很多东西消失得太快，消失得我们有许多恍惚。

在我市区的家里，父亲住不了两天，腰酸背痛。他习惯了那个山坳，山坳前一畈四季明亮的田畴，和田畈紧紧依偎的饶北河。风爽爽地吹来，压着地面，卷来植物青涩的气息。他没事，也端一把锄头，四处走走，看看。即使他不种菜，也把菜地翻挖一遍，把田埂上的草锄锄，用脚把草根狠狠地踩进泥里。有时，他坐在板凳上，望着窝在山边的龙窑，望了半天。他的脸像一块瓦。龙窑拱形的窑顶，长了许多芭茅和山蕨，也长了苔藓，窑门被陶泥封存着。

窑门，我曾无数次抚摸，把脸贴近它。窑门曾炽热得滚烫，陶泥由灰褐色变白，有了缝隙，皲裂。荣叔急不可耐地等了七天，用一根铁锹把窑门打开，一股热浪扑出来。热浪里有烤焦的气味，粗粝的颗粒灰尘落满了身子。出窑了，大家用粪箕、箩筐，把器物挑出来，码在地垄。土瓮排一列，缸排一列，钵排一列。再一列一列地码上去，用毛竹竿扎起来，以免倒塌。器物搬运完了，我们一群小孩在龙窑里面打打闹闹。那是我们的迷宫，也是我们的摇篮。龙窑有许多小天窗，阳光射进来，像一朵朵放大的喇叭花。光线里，悬浮着蒙蒙的浮尘，有金属的光泽。壁上的砖体完全乌黑，僵硬，石灰石一般。暖烘烘的，萦绕在每一个毛孔里的气流，终年不散。在一个乡村，我不知道还有什么地方，比这儿更具温暖感，仿佛是母亲陪伴小孩酣睡时的腋窝。拱形的窑顶，土砖完全发黑，有规则地砌出一条条半圆形的弧线，简单、柔美，像鲸鱼滑过水面的脊背——这是我心灵里一座永恒的教堂。

茅棚里，陶轮车在嗞嗞嗞嗞转动，浑浊的水浆沿水槽淌往地面。陶泥随着陶轮车呼呼打转，文港一只手贴在陶坯内壁，一只手抄在外壁，泥墩慢慢有了缸的形态。荣叔在另一个茅棚里，把泥墩举起，摔下，重重落在石板上，泥墩反反复复摔，摔出了劲道，再用木棒子捶打，啪，啪，啪，又把泥墩揉成团，再而三地捶打，直到把泥墩打没了气孔，空气完全挤压了出来。捶好了的泥墩，给文港制陶坯。文港赤裸着上身，泥浆溅满了他上身，形成细流，一直淌到脚踝。拉好的陶坯，搬到场院喷釉，再翻晒。场院是黄土夯实的，用滚石柱碾平，铺一层薄薄的毛皮沙。陶坯晒了半个月,浆水变白,坯色灰黄灰褐。晒熟了的陶坯,用箩筐挑到龙窑里,从最里面往外码出来,码到窑门了,封窑门,开始烧窑。柴火是常年收购的。村里,周边村里,有砍柴为生的人,天蒙蒙亮,拉板车,带两大铝盒饭,走十几里的砂石路,到分水关,砍灌木,砍满了一车子,回来,柴火晒半个月,卖给土陶厂,一块五毛钱一百斤,记账,器物出窑了付钱。也收芦苇秆,暖窑用的。星期六星期天,我也去后山砍芦苇秆,一天能赚三块多钱。砍好的芦苇秆,我挑不动,把它用油茶树的枝条捆起来,搬到斜坡,用脚一踢,滚下去,把别人地里的番薯苗全滚烂了。过几天,番薯苗又旺旺地长起来,割了,喂猪。

外出读书之后,我坐班车回家,下了车,远远望见堆在山边的柴垛、被雨水泡黑了的茅草棚,我心里回荡起一股暖冷交织的气流。我到场院里,转一圈,再回到家里。翻晒的陶坯,密密麻麻的手痕不见了,手贴着陶坯在陶轮车上转动的嘶嘶嘶嘶声不见了,手掌传递给陶泥的温度和血性不见了。它们和阳光融为一体,和几百万年前沉积在地层里的泥融为一体。浴火重生,几天几夜的焚烧后,它们又和火融为一体,像铜镜中的面影,又显现了出来。木棒鞭挞声显现出来了,粗糙刚硬的掌纹显现出来了,奔腾的血液显现出来了,板车上坡时车轮的吱呀声显现出来了,场院里匆忙的脚步声显现出来了,柴火在窑里形成洪流的冲泻声显现出来了,田畴间朗朗的四季显现出来了……但更多的事物,永不显现,河流奔泻千里,山川苍老亘古。我走在场院里,拍拍瓮,拍拍缸,丝帛振动之声在瓮里缸里回旋,绵长、清澈、单薄，宛如旷远的记忆。

在老屋厢房，我做了一个橱窗，专门放置父亲的制陶工具。有陶轮、转盘，有拍板、垫石、泥抹，也有轮盘、泥板机、压辘，以及刀、开槽物、布线、磨光石、木锉、麂皮。父亲也经常把它们拿出去翻晒一下，抹抹防锈油。它们躺在橱窗里，像一具具木乃伊。它们失去了光泽度和人体的温度。它们曾是我们手足的一部分，是我们生活的延伸部分，是我们珍藏在世代相袭的记忆部分。我们垦出一块地，夯泥垒墙，竖柱架梁，盖瓦筑灶，把水缸搬进厨房，把米缸搬进储藏室，用土瓮作粮仓，用坛储酒，用罐存盐，用缸盛油，两块木板架成一张床，一盏油灯照亮长夜。器物安静地守在角落里，和夜鸣虫、蜘蛛一起呼吸，和院子里的柚子树、枣树、橘子树一起，听屋顶湍泻下来的风声。白昼里，器物散发幽亮的光泽——阳光过滤之后的光泽；黑夜里，器物和黑夜互为溶解，无声无息。这是我们古老的全部。在另一个厢房里，我也做了几个木架，按序列陈放土陶厂出厂的器物，瓮、缸、钵、坛、壶、罐、盏、碗、瓦、砖等系列，逐一标记。它们是一群目不识丁的人制陶品，纯手工，曾与我吃下去的每一餐饭有关。晴好的时候，父亲用鸡皮布给坛坛罐罐里里外外，擦洗一遍，擦完了，坐在椅子上，默默待上一会儿。他几次对我说，擦洗坛坛罐罐，能听到它们的轻言细语，它们说得很贴心，也很动情。父亲把它们抱在手上端详，和它们轻言细语。

我并不清楚这个土陶厂初建于什么年代。大概在二〇〇二年秋，镇里在临近我家的官葬山自然村建养老院时，在一个老墓地,挖出好几件土陶,有碗、钵、罐子。来了几个文物专家,鉴定说是唐朝的民窑陶品,文物价值不高。我知道这个消息,是在一个星期之后。文物专家已经返回南昌了,也没去研究这些土陶品。我怔怔发傻了半天——我想带文物专家去龙窑看看,它起始于何时。一个废弃的土窑,它一定与一条河流有关,一定与河流两岸族群的繁衍生息有关。它是一条泥与火焚烧出来的河流,夹带着山野的气息,和村舍日常的洪荒。它是我们繁衍史的全部真相和谜团。它是我们最古老的宗谱。

八季锦

染坊的主人，我熟悉。在我青少年时代，他每天出现在我初中校园里。校园里，有一个墙面石雕，是一组开国元勋的上半身雕像。校园有南北侧门。北侧门通往田野，大片的稻花随风起伏。南侧门外是一条长长的小巷。小巷与街相通。有一个老人，穿解放鞋和军绿色上装，每天凌晨，来到雕像前，给雕像敬礼。敬三个礼，鞠三个躬。鞠完躬，把帽托在手上，喃喃自语："伟大领袖毛主席，我向您报告……"他把昨天所做所想，一五一十地向石像详细地报告。其实他并不十分年迈，只有六十多岁，他的身子已完全佝偻了，右腿有些瘸，走路踮着脚，身子有些摇。我进校园读书的第二天早晨，便注意到这个人了。我们在操场做操，他站在石像前敬礼。我们穿着大短裤和背心，他一身军绿色的衣服把自己裹得像个粽子。南方的冬季阴湿漫长，雨雪天的清早，黑漆漆的，校园走廊的白炽灯浮起一圈灰蒙蒙的光。有人开始跑步,有人进教室朗读。冬雨天,学校取消早操,改为课间操。老人还是按时来敬礼。他戴一顶斗笠,穿一件蓑衣,敬礼的时候,把斗笠蓑衣脱下来,笔挺地站着。边上的孩子看着他。我们逗趣他。他弓腰说:“毛主席就是在天安门广场向全国人民挥手的那个人。”这个老人叫刘牧野,曾是八季锦染坊主人。

街把镇一分为二,街北毗邻古城河,街南和一片田畴相连。古城河从山峦湍急而来,在古城山回旋,往南,形成一片沙洲地。小镇临河而筑,夕阳的余晖从水面反射上来,变成了橘色,稀稀薄薄,浥在乌黑黑的瓦屋顶上,有了湿漉漉的色感。尤其在四月,柚子花以蜜蜂的歌喉嗡嗡嗡浅唱,河水声急切地哗哗哗响,街上的暮色会早一些降落。白鹭也在河边的樟树上栖息,嘎嘎嘎。河边钓鱼的人收了竿子,背起鱼篓,穿过泛青秧田,没入小巷里。这是一条千年老街。东街头有集市、诊所,南来北往的人,在街头短暂逗留,或去往德兴或上饶。西街头是粮铺、补锅铺、花圈店。

街上有五六家布店。布店临街,门口有一个杉木柜台,乌黑的油漆在桌面浮起一层光。橱窗的木板一块块叠在桌下。门店是两个打通了墙的房间——在没开店之前,屋舍用于住户做卧房,一条逼仄的风弄一直伸到最里间的厨房、天井、厅堂——长排的木质货架紧贴着墙壁,布料一卷一卷地斜竖在货架上。布料一般是灯芯绒、劳动布、纱布、棉布,挂在货架上的是一卷卷的毛线。布的颜色也五颜六色,单说红色,就有紫红、暗红、橘红、玫瑰红、胭脂红、淡红、粉红、芙蓉红。也有很多花布，一般是棉料，花色多样，有豌豆花、扁豆花、蔷薇花、小百合花、杏花、桃花、梨花、木槿花、牡丹花，色彩鲜艳明丽，很讨女孩子喜欢，扯上几尺，做长裙，走在街上，摇曳多姿。尤其在雨天，撑一把伞，在老巷老弄的墙根下，看一眼长裙的女孩子，心里会冒泉。店主一般是妇人，四十来岁，嘴巴甜，能说会道，面目整洁，笑容和蔼，话语温热，见人三分熟，见客七分亲，帮客人选布料，说贴己话，让人不好意思不选几块布料回家。

八季锦土布店，在小镇，无人不知。谁敢说，他家没买过刘氏土布呢？母亲也爱去刘氏土布店买布，说土布经得穿，不褪色。刘氏世代染布卖布，在八尺弄有一座三栋厅的大宅院。一栋房子，三代修，说的便是刘氏。三代人，耗费十数担白银，修一栋房子，为饶北河人百年来所津津乐道。刘氏先祖来自广陵。咸丰皇帝去世那年，即一八六一年，广陵染织厂工人刘木生因失手杀人，潜逃至广信，落地生根，娶洲村大族周氏蕙兰，在小镇自创“八季锦”大染坊，以染布卖布为业。一九二三年，刘氏“八季锦”大院落成，刘氏成饶北河流域名门。小镇有二十余间大屋。大屋皆为二栋厅、三栋厅结构，有高大石雕的门楼，有木雕精美的花楼。这些大屋，有的建于明代，有的建于清代或民国早期。大屋是族姓的世家老屋，世代相传。如徐氏酱园，如王氏药材，如余氏谷烧，如周氏盐号，如汪氏烟丝，如刘氏土布。大屋并不临街，隐在深巷里。巷子侧边是花园，花园进去是门楼，青砖白石灰砌的马头墙高耸。进了门楼是小院，石榴高过了围墙，指甲花在墙下秘密地盛开。推开小院的门,一个大天井瞬间把无边的天空缩小成一块白纱巾。若是雨天,从天井落下来的雨,缥缥缈缈,檐水潺潺——这让人恍惚,时间再一次把人过滤,像一片随水漂流的树叶,在沉浮,在翻转——在天井站久了,会出现许多与眼前不相仿的景物:雨中的码头,离散得不知去向的人群,街上悠长的吆喝声,新娘上轿前看父母的眼神,银圆在木桌上转动的当当当声,三白草在屋角一夜间开满了白花,从床榻上落下去的手那么无力……绵长的雨,把时间挤压成一滴滴,滴下来。啪啪啪的雨声,来自瓦檐,来自树叶,来自冗长的寂静。街有两里长,石板铺的街面有一层油亮的光。斜长的屋檐,和幽深的巷弄,构成了天空的倒影。

小镇地处饶北河上游,处于盆地入口。古城河奔腾向南,泻入饶北河,形成洪流。山峦在河岸堆叠,浪头一般,一浪推一浪。肥沃的盆地像一朵盛开的马兰花。村落沿山边而筑。灵山奔驰,峰峦叠嶂,飞瀑在远远地闪光。大染坊在镇东码头对岸。

我们去街上买盐,买酒,买肥皂,买布,买土缸,买面粉。我们卖辣椒,卖大蒜,卖金银花,卖酱菜,卖劈柴。母亲一年上街买两次布,四月买一次,十月买一次,背一个大扁篓去,买来花布、灯芯绒布、劳动布,请来四眼裁缝师傅上门做工半个月,做换季衣服。四眼师傅个子矮小,戴黑边眼镜,他含苞待放的孙女挑着缝纫机从河东,涉水来到村里,上门做衣服。四眼师傅负责裁剪。在大八仙桌上,他把布料打开,摸摸布,说,一年又过去了,人怎么会不老呢?我家里人的身高,他都记得,他也不用量尺寸，竹尺子按在布面上，用白粉刀笔，一丝不苟地画线条，黑把的长剪刀，咔嚓咔嚓，布成了衣料。剪刀张开，合拢，张开，合拢，像鲸鱼游过海面。记得他孙女梳一条长长的麻花辫，不怎么说话，坐在靠背椅上，脚踏缝纫机，布嗞嗞嗞滑过桌面，针嘟嘟嘟上下缝合。她吃饭很快，低着头，托着碗，夹很少的菜。

刘牧野的父亲刘恩慈死于一九四二年春。刘恩慈，是一个耳熟能详的名字。在民国时期，捐资建了古城学堂。古城学堂是小镇第一所现代学校。学生不用缴费，课本费和教师薪水由八季锦支付。学堂在河边的沙地上，有三栋木质房子，有橘园。刘恩慈交友甚广，每年还请广信名流来学堂义讲，讲绘画讲小说讲信河戏讲时局。一九三五年，信江流域水灾爆发，饿殍遍野。三十出头的刘恩慈在码头开设粥铺，和酱园、药园、盐局、酒坊几个老板，合力济民达半年之久。一九九四年，我在《广信民国人物志》里，读到了有关他的文字，也看到了他的照片。他站在“八季锦”大院的花园假山前，穿一身白色长袍，戴宽边眼镜，拄一根手杖，嘴上叼着一支木烟斗，麦秸帽显得有些宽大。刘恩慈善字画，聚友结社，也爱信河戏。到了年关，他便请信河班来唱戏，兴之所至，他也登台。

他的死与丝绸有关。刘恩慈染土布，也染丝绸。但他染的丝绸并不外售。他每年染八匹丝绸，自己留两匹：一匹储藏起来，一匹给他夫人用。另外六匹，送给他认为值得送的人。他送的人，年年不一，有以笔代刀的记者，有为民申冤的律师，有义薄云天的拳师，有宁死不屈的梨园人，有世代相袭的手艺人。他染的丝绸，虫不蛀，年久不腐，颜色不退，奇特的是，穿了他的丝绸，皮肤不瘙痒不过敏。更让人惊奇的是，他的丝绸有一股香味，即使丝绸烂了，香味不减。香味清雅，淡淡而散。这是一种什么香味呢？无人知晓。每年谷雨之后，他便独自一个人上灵山采植物，做染丝绸的染料。他有一个晒院，是谁都不能进去的。一个筐箩晒一种植物，十几个筐箩晒在封闭的院子里，早上搬出去，傍晚搬回来，从不让别人经手。每种晒干的植物，在锅里煮，煮出半缸水，再把不同缸里的水按不同的比例，混合煮，倒进单独的染缸，泡丝绸。有细心的人，把刘恩慈倒掉的植物渣，捡起来，给老中医辨认，老中医也只辨认出麻葛蔓、杠板归、三白草和鸡屎藤、珠芽蓼。老中医说，渣里有很多种花瓣，煮烂了，辨识不出来。染丝绸的配方是刘恩慈自己研究出来的，从不示人。他受传统国画颜料研制的启发，调试染料配方多年，得以成功。

广信一带，有人以千金求刘恩慈一匹丝绸而不得。一九四二年春，柳枝还没完全荡漾出绿意，山樱才吐露星白的花苞，饶北河的鱼群还没溯游而上，桑树的芽叶还是针尖的模样，一个晌午，刘恩慈的宅院来了几个客人。一个女人，三个男人。女人白净，穿白底牡丹花旗袍，个头高挑，三十来岁，有些胭脂气，吸烟。一个男人三十多岁，穿西装，着黑色绑带牛皮鞋，面目俊朗，戴腕表，另两个男人二十来岁，黑色便装。戴腕表的男人说："刘先生，你手头是否还有八季锦丝绸卖呢？价格贵一些不要紧。"刘恩慈请了茶，双手一摊，说："我没有丝绸，也不染丝绸，镇里还有几家布庄，他们有丝绸卖。"戴腕表的男人说："刘先生这样说，不够意思了。谁不知道八季锦丝绸虫不蛀，不腐，香味弥久不散，绸缎上身，浑身不痒。”刘恩慈说，谬传谬传，我染土布卖土布。另一个眼角有疤痕的男人从一个大提箱里，取出一个轴卷，给刘恩慈说：“知道刘先生善字画，现有一幅费宏《行书尺牍》，愿赠予先生，另付金瓜片百片，求先生一匹八季锦丝绸。”女人坐在圈椅上，四处打量厅堂布置，并不搭话。刘恩慈说，实在不染丝绸，乡野贫困，有丝绸也无人买，土布适合乡民布衣，各位抬爱，心领，拜谢拜谢。他站起来，拱拱手，算是送客。

客人在旅社住了下来。晚上，戴腕表的男人一个人来到八季锦大院，拜见刘恩慈，单刀直入，作了自我介绍：“我叫吴宝书，是顾祝同长官的少校副官，在第三战区司令部任职。”他递上礼盒，对刘恩慈说：“刘先生，我知道，您藏有八季锦丝绸。您有您的规矩，我有我的难处。晌午来的那个女人，是顾长官的外室美素娟。她住在河口，每年春天，皮肤会发红斑。都说穿了您的丝绸，皮肤不发疹，她得不到八季锦丝绸，我承担不了这个后果，您也承担不了这个后果。”美素娟原先是杭州大世界的二等戏子，在安徽屯溪演戏时，被顾祝同看中，做了野外鸳鸯，被顾祝同安置在铅山河口街一栋小公馆里，由吴宝书照顾日常生活。刘恩慈笑了起来，说：“我不是医生，没这个道行呀。”喝茶的来客也笑起来，说：“顾长官的脾气，谁敢惹呢！”“知道知道，顾长官好手段，去年在皖南，八万人马伏击新四军，名震天下呀。”吴宝书说：“刘先生，这样吧，价格好谈，您尽管开价，我明天上午再来，我不会空手回去，您看着办吧。”刘恩慈待客人远去，把弱

染坊

冠之年的刘牧野叫到跟前,“明天让染坊的人休息一天,我明天上午在染坊等客人。”他又交代儿子,“以后,我们染坊再也不染丝绸。丝绸是石中的翡翠,泥烧的青花,高贵、稀有,但易碎。土布是野麻、芭茅,烂贱,但命硬,生生不息。”他和儿子说起家世,说起世道,说起学堂,直至残月西沉。

第二天上午,刘恩慈穿一件长白袍,围了一条浅紫色的围巾,坐在染坊的大厅一个人喝茶。客人来了。美素娟在旗袍外披了一件白色绒毛大氅,皮鞋也换成了长靴——或许天气突然转冷,清晨的风刮得猛烈,春寒回转。河面的风打滚似的,在洋槐林里打转。太阳却像一朵水莲花,开了出来。刘恩慈请茶。刘恩慈没有说起八季锦丝绸的事,慢条斯理地说起在浙赣大会战中,在日本人枪下死去的广信人,说起七年前饶北河流域的瘟疫,说起历年来在饥荒中死去的小镇人。最后,他说起了丝绸。“丝绸来自蚕丝。布来自棉花粗麻。它们都是纺织品,供人制衣。丝绸和布又不一样,不单是贵贱之别,不单是粗雅之分。蚕的使命是吐丝,丝吐完了,蚕死了。丝绸有蚕的命。穿丝绸的人,应该要有蚕的贞洁。棉花粗麻,雨量越充沛,日照时间越长,棉麻品质也越好。穿布的人叫布衣。”刘恩慈站了起来,抱起案桌上的琵琶,边弹边唱:“相见时难别亦难,东风无力百花残。春蚕到死丝方尽,蜡炬成灰泪始干。晓镜但愁云鬓改,夜吟应觉月光寒。蓬山此去无多路,青鸟殷勤为探看。”唱毕,倒起一杯白酒,一饮而尽,说:“人为什么需要布呢?布为我们装饰仪表,给我们御寒,还给我们遮羞。假如我们不知道羞耻,也不会需要衣裳。我们国已破，山河被外强蹂躏，顾长官还私藏女人，日日享受春波。”客人一时无措，面面相觑，无以答话。美素娟脸涨成了紫色。刘恩慈说：“你们也要回去交差，不为难你们。你们稍待，我去取。”说罢，他转身去了晒染布的院子。

茶喝了两圈，刘恩慈还没回来。吴宝书对美素娟说，我去看看。他跨过侧门，尖叫起来：“吊死了，吊死了。”在晒染布的横木上，刘恩慈上吊死了。两条丝绸带，结成一根带子，绕着他的脖子，把他悬空吊了起来。染布的院子中央，有一个大火盆，盆里有一堆轻飘飘的灰，被风吹得在空中飘来飘去——早晨，他把家中藏的丝绸，全烧了。

刘恩慈安葬在古城山顶，坟墓像一座高塔。古城山离小镇不足三里，站在山顶，可以俯视整个葫芦形的盆地。一九八五年，我们一班四十几个同学，到山上有过一次春游。大家带上铁锅，搭石块筑灶，过了一天。山顶平缓，青黑色的巨石突兀。郁郁葱葱的，是青松。我第一次见到了战壕——一米多深的地沟，有两百多米长，石块沿沟叠成矮石墙。父辈的人，都知道，在这里，方志敏的部队和白军有过一天一夜的战斗。我的历史老师是赣东北革命史研究者，他多次来过古城山考察，把捡到的头盖骨、子弹壳、刀具，带进教室，给我们看。革命者多为小镇村民。我参加工作之后，查阅赣东北革命史资料，却没找到任何有关古城山战役的记载，这多多少少让我沮丧。

山下是开阔的盆地，饶北河从灵山北麓的峡谷奔突向南，九曲回绕。河边乔木丛林四季葳蕤。冷冬，北方来的天鹅、白鹭、黑鹳、大雁,给冷寂的河流带来了喧哗。呀,呀,哎,呀,呀。呱,呱,呱,呱。立春之后,冒着水汽的河面上,浮满了雏鸟。白茫茫的水面,菊花色的阳光有一种迷离感。鸟划着脚蹼,拍打着洁净的翅膀,在悠闲自得地觅食。捕鱼的人站在竹筏上,抛撒网。埠头上洗衣的妇人在唱:

纺,纺,纺棉纱,
媳妇纺线,
婆婆当家,
早起晚睡,
扯棉绕纱,
靠我一人,
养活一家,
纺,纺,纺棉纱。

候鸟离开的时候,河边沙地的棉树已经抽芽了。棉叶踏着雨水的节奏,啪嗒啪嗒,舒展开来。棉叶宽大,有细细白白的绒毛。褐雀鸡呼呼地,一个螺旋形飞旋,落在棉树上,啄食青毛虫。青毛虫白白的身子,有一节节的青色绒毛刺,卷在棉叶中间,结茧。褐雀鸡嘁嘁嘁,叫得人心花怒放。棉叶转黄麻色,棉树开出了绿紫色的花。绿得像荧光,紫得像晚霞。花开起来,像一把半打开半收拢的折扇。我常常误以为棉树上,开的不是花,而是果鸽。花萎谢,棉树坐桃了,鼓胀鼓胀,像是随时会爆裂。砰的一声，爆裂了，炸出一团白白的花。秋阳下，棉花白灿灿，像一树一树的白雪。妇人围一件围裙，掰开桃荚，摘下白棉花，塞进布袋里。乡村多织布机。棉花晒得蓬松，把棉花籽分拣出来，棉花白白的，一包包堆在阁楼上。织布机在瓦屋里，哐当哐当，日夜地响。织布机是踞织机，也叫腰机。织布的妇人坐在矮椅子上，用脚踩经线木棍，右手持打纬木刀打紧纬线。织布机没有机架，卷布轴的一端系于腰间，双脚蹬住另一端的经轴，张紧织物，用分经棍将经纱按奇偶数分成两层，用提综杆提起经纱形成梭口，以骨针引纬，打纬刀打纬。我记得我小脚的祖母，擅织布。她一边织布一边给我唱《织布谣》："嘎达达、嘎达达，天明织了两丈八。拿到集上找买家，卖下银子白花花。籴下谷米黄蜡蜡，煮到锅里黏炸炸。公公一碗婆一碗，小叔小姑俩半碗。你一碗，我一碗，媳妇没有干瞪眼。媳妇气得回娘家，吃了一碗面疙瘩。"

祖母织布，我便给她扇蒲扇。织布需弓腰蹬脚拉提综杆，消耗很大体力。祖母背部的衣服，慢慢湿了，从背心开始，圆圆一片，慢慢扩散，一直整片透湿。唱完了，她瘪起空空的口腔，说："我打个谜语，看看你能不能猜。""织布机。"她还没打谜，我先说了出来。她笑了，说，你怎么知道。"远看像座庙，近看坐花轿。脚踩莲花板，手拿莲花络，越拉越打越热闹。"我说，"这个谜呀，您每次织布都打这个谜。"

刘氏八季锦把上好的棉花收进来，翻晒，入库，运往浙江绍兴纺织厂。绍兴产布。刘氏运来绍兴布，自己染色。大染坊有自己的染料仓库，按不同染料种类，分别入仓。染料都是从植物中提取的，有靛蓝，有茜草、红花、苏枋，有槐花、姜黄、栀子、黄檗，有紫草、紫苏，有薯莨，有五倍子、苏木。成品绍兴色布易褪色，洗一次，染料会在水里消散，像墨水滴在清水里。八季锦染的布，不褪色。八季锦有自己的染布配方，是不外传的。布入染缸，水温、火候、时间，只有老师傅凭触觉、目力掌握，无以言传。

刘牧野是家中独子，父亲刘恩慈离世之后，他撑起了家业。小镇是赣东北的咽喉之地，往北，入德兴、乐平、浮梁、景德镇、徽州，往东出玉山、衢州，往南进上饶、闽北，物产丰富。一九四五年之后，街上新开了好几家店，有博文书店、码头茶馆、仁寿西药堂、二十八旗袍店、天然居旅社、电话电报分局，店主是外地人，伙计大多也是外地人。店里，一般是两个伙计。除了西药店，其他门店生意不怎么好。小镇青年外出读书的人，也很多。外出的人，也很少回来。没有回来的人，有的继续求学深造，有的参加了地下革命，有的入职国民党政府。我知道的，有徐家公子当了国民党军队少将，在军校教书。国民党败退台湾时，他正好回家看望病重的老母亲，便一直留在小镇。小镇人称他为先生。他拄一根拐杖，早晚在街上踱步，银发如雪。徐家乐善好施，颇有名望。他在小镇，也一直义务教孩子读古典文学。刘牧野淳朴厚道，性情温和，不善言辞，也秉持恪守着刘氏商道——信义第一、质量至上、广结善缘。和他父亲不同的是，刘牧野不爱诗画，爱园艺。他的花园，都由他自己打理。他戴一顶蓝色小圆帽，提一个大筛壶，每天早上在花园里修枝剪叶。花园里的植物，也都由他自己上山挖来、培育，有垂丝海棠、罗汉松、梨花木等木本植物，也有兰花、百合、芍药等草本植物。他不交本镇以外的人，世道复杂。

一九四七年，古城学堂关门。镇里有了公办学校。

一九四九年五月，上饶解放。一九五〇年冬季“土改”。刘牧野祖辈、父辈手上买进来的三百余亩良田，按照新政府的计划安排，分给贫农、雇农。刘牧野被划为地主。

一九六六年秋。公社召集酱园、药园、酒坊、八季锦等业主开会，要求公私合营，统归供销社管理。公私合营的原则是，供销社委派管理人员进驻全权管理，业主不参与，以年息五厘的定息制度，参与分红，连续分红五年，之后产业归供销社所有。会开了一个上午，征求业主意见。四个业主目瞪口呆，你看我，我看你，一言不发。业主们晚上在八季锦宅院小聚，商议公私合营的事。四人喝了一个晚上的酒，也没商议出一个结果来，到底是参加公私合营，还是不参加呢？

公社派工作组，到各家做工作。酱园徐老板特地请来唢呐队，身上挂起大红布，放炮仗，率先把产业交给了公社。酱园徐老板在公社接收产业的仪式上，穿一件劳动布四角袋衣服，脚上套一双解放鞋，微胖的圆脸叠起一层皮纹，他说：“我不要公私合营，今天，我把祖业捐给政府，我做个爱党爱国的农民。”公社领导给徐老板戴了大红花，热烈地鼓掌。

公社办了学习班，请来其余三个业主，学习时事。学习班放在董村般若寺举办。寺庙自一九五二年已无僧人，现在作为公社的物资仓库使用。学习班以自主学习为主，一人一间房子，房间里只有一张床，一张写字桌，桌上有两本书和一本记录本、一支笔。学习时间从早上六点半开始。

……

四十一天后，八季锦刘牧野被家人领回家。他嘴角斑红，淌着长长的涎水，言语不清。别人和他说话，他盯着人，撑起眼皮，眼球也不动，也不回答。多年后，他和家人说起，在寺庙睡觉时每天会想起他父亲。他把父亲从横木上抱下来，身子还没完全冷。他抱着抱着，他父亲额头变凉，身子变凉，手脚变硬。染坊的院子里，晾晒的染布被风吹得哗哗作响。噗，噗，噗，染布鼓起来。他睡在床上，便觉得他父亲穿着白长袍站在他窗前，注视着他。他站起来，他父亲不见了，飘忽如窗外斜雨。布在他眼前呼呼地飘。布裹着他父亲在飘。他几次想去把他父亲的坟墓挖开，看看那个木匣子是不是已经腐烂了，木匣子里的丝绸灰是不是随他父亲的肉体一起变成了泥浆。那一盆丝绸灰，是随他父亲唯一的安葬物。他知道，木匣子里的丝绸灰是父亲的魂。

读《毛主席文选》，是刘牧野唯一不忘记不耽搁的事。早上六点半，他穿好衣服，毕恭毕敬地站在厅堂毛主席画像前脱帽，敬礼，鞠躬，然后读《毛主席语录》。他的大儿子刘向明已经二十四岁，在灵山西边的茗洋建设水库。刘向明读完小学，没有继续上学，一九五八年，兴建茗洋水库，他去茗洋关挑砂灰。他三个月回家一次，翻过灵山，走高南峰，下樟涧岭，到小镇，刚好一个整天。每回家一次，刘向明壮实很多，个头也长高很多，人也更黝黑。刘牧野夫妻怎么也舍不得小孩去挑砂灰，吃那么大的苦,想叫他学染布,跟着师傅做,将来可以接下布庄。每回家一次,他母亲便抱着他的头哭一次。过了一年,他母亲再也不哭了,笑了。离开父母的孩子早熟。茗洋关建了四年的水库,算是完工了,因他表现好,被评过三次劳动模范,便留在了水库做养殖员。茗洋关地处高山,森林茂盛,四野无人,熊豹豺狼常有出没。

街上的人背后给刘牧野取了个绰号:烂木。他已经不能从事劳动。他的老婆和十六岁的二儿子刘向东,参加了生产队劳动,插秧、耘田、拔草、收割,和队员一起出工。他的两个女儿,一个十二岁,一个八岁,给生产队放牛。

二〇〇六年夏。我随博物馆的同志去做古建筑普查,去了八季锦大屋和刘氏染坊。染坊在旧码头对面的洋槐林侧边。树林密密地遮住了河水的湾口,蝉叫声吱呀吱呀让人觉得空气有燃烧的气味。野蔷薇卧在水沟边的矮灌木上,开一片惨白的花。一栋断裂了房梁的老屋,让我意外地震惊。老屋无人居住,阴暗潮湿,天井长了几蓬比屋檐还高的芭茅,一株紫荆树斜斜地从天井喷射而出。老屋后面是一个大院子,被青砖围墙以不规则的长方形围着。院子里有二十几个大染缸,缸里是黑色的水,宽叶的水生植物浮在水面上,盖住了缸口。粗壮的木柱竖在石台上,以"井"字形相互连在一起。木柱干硬的木质麻黑色,死去的菌类发白黏结在木柱底部。芭茅和藤蔓植物沿着围墙疯狂生长,有的藤蔓爬上了墙顶。山豆根爬上了屋顶,沿着屋面,往下垂,椭圆形的青果挂在藤上。我站在麻石砌的门楼下,望着青石门额“八季锦染坊”石雕大字,错愕不已。八季锦大屋在八尺弄,花园已成普通的农家小院,早年栽植的树,郁郁苍苍。水井还在。三栋厅的屋舍显得有些阴暗,门板和柱子有黑斑。梁上、窗扇和廊檐,原有的木雕图“桃园三结义”“蹊边望桃花”“五女拜寿”“张生会崔莺莺”“黛玉葬花”被人铲去了人脸。门楼的藻井被掏挖一空,用一块毛玻璃代替,植物木雕被用黄泥巴抹了。大屋的地面,是用苏州地砖铺的,地砖刻有刘恩慈的名字,也被砸碎,挖开地面——小镇一直盛传,刘家在地下埋了好几担银圆和两畚斗黄金。有人挖了半个月,也没挖出一块银圆。刘恩慈收藏的字画倒有两大箱,搁在阁楼,被人付之一炬。

在二十世纪八十年代,刘牧野的二儿子刘向东还染过土布。自己染布自己卖布,盛极一时。一九八六年冬,刘牧野去世,患类风湿而死。在病榻卧了半年,刘牧野一再告诫儿子刘向东,人不要有那么多钱,钱有罪,钱越多罪越大,圆圆铜钱四方眼,铜钱眼是人世间最深的监狱。

一九八八年,广州外贸布匹和服装大量进入小镇,刘氏土布再也无人问津。刘向东去了绍兴一家纺织厂做车间主任,为生活千里奔波。

小镇我已多年不去。小镇在秦代已成集市。博物馆的橱窗里还展览着小镇的秦砖汉瓦。街面的老屋完全拆除了,建了三五层的民居,一楼开两间店铺,有化妆品店、摩托车店、电器专卖店、手机店、游戏机店、网吧……晒酱弥散的大豆发酵的浓浓气息已远远消散在久远的年代里,染料浸泡的植物气味寻找不到丝丝缕缕记忆。河流常常断流。古城山三两年发生一次火烧山。街上每天都有十几个年轻人,要么聚众赌博,要么泡网吧或歌厅。盆地里的水田,大多荒芜,鹅肠草遮盖了交错的田埂,酸模长满了水渠。灵山高耸,云从山巅披散流泻。

纸

“你看看，一根竹子，粗长、滚圆，抱起来轻轻的，但硬度大、韧性大，耐腐蚀，还有什么植物比这个更像有骨气的人?”东生用棒槌在捶竹瓤，砰砰砰……泡烂了的竹瓤开裂，形成丝。他是村里唯一的造纸师傅。他没上过学，但会写毛笔字，他会说很多雅气的话。他的手指短短的，指头磨圆，手掌很厚，像一块干树皮。造纸的作坊在破塘坞。作坊的院子，有许多枣树，在七月，枣子肿胀得发紫发黑，大山雀在枝头跳来跳去，啾啾地叫。我们贪玩，贪吃爽脆的枣子，砍了柴火放在他院子里歇息，摘枣子吃。我们也蹲在他身边，看他捶竹瓤，竹屑飞得我们满头灰白。他叉开双脚，弓下上身，棒槌有节奏地起落。他说:“你以后考不上学校，跟我学做纸吧。做纸好，纸就是读书人的田。”我们嘿嘿地笑，吃了枣子，吐一地的核，说，才不学造纸呢，太累人了。我们挑起柴火沿弯道回家。

事实上，东生说的话，父亲也常对我说："学做纸好啊，比木匠石匠好，哪个朝代不需要纸呀，印书要纸，订家谱要纸，出殡要烧纸，上坟要烧纸，清明、七月半、冬至、过年，都要烧纸，赶路头要烧纸。石匠木匠看天色行事，做纸一年到头可以干，早上可以干，晚上还可以干。"我懒得理他。他用夹账本的文具夹夹胡楂，夹一下，揉搓一下下巴。父亲爱写毛笔字，每次吃了晚饭，在香桌上磨墨。他用一个缺口碗当砚台，慢条斯理地磨。我站在他身边，他看我一眼，我转身去灶台拿旧报纸。他用旧报纸写字。毛笔比我大拇指粗，一撮毛茬。写不了几个字，笔毛分叉，他抬起笔头，看看，把笔毛抿在嘴皮上。四张报纸写完，他嘴皮全黑了。报纸墨水湿透，母亲第二天早晨用它点柴锅。母亲把报纸卷成喇叭状，火柴嗤嗤两下，报纸烧起来，有一股炭焦味，黑烟扑上来。母亲低下头，对着火苗噗噗吹两下，用火叉把报纸叉进灶膛。茅草呼呼响起来。

东生一家住在破塘坞，少在村里走动。他有做不完的事。从毛竹到出纸，比一粒稻种变成一束稻穗，更烦琐。他只有买烟买酒的时候，才会下村里。一般是晚上，他提一个松灯，呼呼的松火摇晃，身子也摇晃，唱："一根竹杖翘上天，深吸一口满嘴烟。吸筒烟来谈谈天，客到堂前烟当先。"他张口唱歌，我们知道他喝高了。他酒量不大却爱喝，喝红薯酒。酒有苦味，青气重，喝高了，头重脚轻。下了山，在我家坐一盏茶时间。他喜欢和我父亲说话，两个满嘴酒气的人，表示赞同对方说法时，相互握一下手。母亲嘀咕："说话还握什么手呀，看样子柴刀还没握够,明天砍柴去,咸饭吃多了,消消盐。”东生说到重要观点,会强调:“这可是老先生的话。老先生的话,一句一句吞在这里。”他指指心脏部位。父亲把茶叶嚼在嘴里,眯起眼睛,呵呵笑起来,说:“老先生说的话会有错?不会,不会。老先生是什么人?上知天文下知地理。”东生三十来岁,头圆圆的,像个毛楂。他说完一句话,右眼角会不自然地拉动一下,跳跳的。

东生一生做纸,做手工毛边纸。他是第七代纸民。他父亲是个抄纸人。年轻时他父亲叫茅笃。壮年以后他父亲叫薄纸。茅笃在饶北河流域是毛竹的民间称谓。有一年灾荒,村里来了一个高高大大的外乡人,三十多岁,伟岸。他对大队支书请求,说,我来河堤做工,不要工钱,给碗饭吃。支书坐在麻石墩上,摇着草帽,右眼皮肉瘤晃了一下,溜了他一眼,看出他有一身好力气,像水桶储满了水。支书说,那你把这个石头抬下去,砌石基。外乡人说,哪要两个人抬,抱下去。他蹲下去,扎了马步,抱起石头往河埠走。工地上的人,傻眼了,石头足足两百多斤,被人抱起来,第一次见呀。外乡人自称茅笃,铅山县天柱山人。茅笃就这样落户了下来。谁都喜欢和茅笃在一个劳动组做事,挑沙,搬石头,拉黄泥,砍木条,拌灰浆。茅笃手脚快,踏实,舍得一身力气,做事有板有眼。做了半个月,劳动组的人不想和他一块做事了——不是嫌弃他做事,而是嫌弃他吃饭。他吃饭像车水,饭哗哗哗,进了他石崖洞一样的肚子里。他盛饭不用饭勺,用碗直接挖进饭甑,掂上来吃。饭也不是纯白饭,掺杂了玉米粉,或红薯渣,或荞麦麸。支书和他说了几次,说,你不能这样吃饭,你吃了别人的口粮，别人饿得走不动路。哦，哦，他这样应着。可他看见饭，便慌着去掠饭。他说，他控制不住手，他听见饭在叫他。

村子沿山边临河而铺开，像一列拐弯的火车。山长满了油毛松、桉树、木荷和油茶树。山并不高，却陡峭。这列弯弯扭扭的火车，会呜呜叫响，拉起鸣笛，沉睡的星辰会被它吵醒。山与山之间，有宽阔的山坳和峡谷，长满了芦苇和毛竹。毛竹比碗粗，青黝色。竹海在寂静地浪涌，哗哗哗，竹叶泛起青黛色的浪花。大山雀呼啦啦地飞起来，又栖落。茅笃常被人奚落，说他像个黑熊，一口能吞一窝蚂蚁。他跟支书说，山上毛竹那么多，可以做毛边纸，也可以做草纸。支书说，饶北河没人会做纸，能做纸，当然好呀，纸紧缺呢。茅笃说他十二岁学做纸，样样精。

在破塘坞，搭了六间大茅棚，茅笃进山做纸。和他一起进山的，有两人，一个叫陈醒农，一个妇人叫酸梨。陈醒农四十来岁，无妻室，民国时期做过某著名学者四年的秘书，后来在上海一个大学教书，"反右"运动后，他来到镇里，接受劳动改造。酸梨是个旧地主的女儿，三十来岁，老公和她反目，离了婚，她在山里做饭，也做下手活，砍毛竹、剥丝、垂丝、挂晒。

山垄从村后一直向北伸展，蜿蜿蜒蜒。破塘坞是一个环形大山坳，之前有过一个山寺庙，解放后，寺庙唯一一个老僧人，也下了山。寺庙有前厅后堂，四间偏房两间余屋，三个做纸人，便住在这里。寺庙前有一个大水塘。水塘有荷花和石砌的塘栏。山垄有一条溪涧湍湍而流。春分之后，雨从灵山乌麻麻地扑洒下来，云层像一口污泥塘。白亮亮的雨，还没过河，却变作沸腾的油珠一样，啪啪作响。响声从洋槐树叶上炸开，从牛背上炸开。牛惊慌地跑，抖动着垂瓤一样的圆滚肚。河面掠过一阵阵白鹭，嘎嘎嘎，瓦屋顶倾泻飞瀑。饶北河从村前的沙洲地，铺盖而来，浮木在水面翻滚。雷声一串串地跳下来，大地开裂，竹笋冒出来。

在山间，竹笋裹着灰褐色的竹衣，像年迈的老僧。大地渗着雨水，山樱花在崖边白灿灿地开。立夏，竹笋抽出了竹枝，青涩的芽叶油绿，湿湿的露珠抖动却不滚落下来。竹子发胀，有着一股执拗劲儿的青春之身。这个季节，毛竹肉瓤还没完全木质化，最合适做纸。毛竹也叫茅竹，禾本科，常绿乔木状竹类植物。他们整日砍毛竹。刀是长口刀，乌黑的刀背厚重，刀口雪白。咚，咚，咚，咚，茅笃只需要四刀，毛竹便唰啦一声倒下。刀深深吃进竹身，咕，咕，咕，咕。声音在山坳悠长回荡，有了“咚，咚，咚，咚”的回声。声音沉闷、清脆，有节奏。酸梨把竹梢砍下来，把三根毛竹扎成一捆，由陈醒农拖到寺庙前的空地上。被砍的毛竹，一般是一两年的新竹，竹青黝黝发亮，手摸起来，润滑清凉。这样的竹子，含糖量低，纤维易于软化。竹子堆满了空地，过山雨一天一次——小满已经来了。饶北河岸，翻耕了的水田有一群群的燕子翻飞。燕子什么时间来的呢？谁也没在意。突然有一天，屋梁叽叽喳喳地热闹了起来，黑羽翅像剪刀一样咔嚓咔嚓，剪开了柳条，绿叶纷披，蠕虫在腥味的泥里露出白肚腩，燕子站在翻耕了的泥块上，唧唧叫，秧田冒出针尖般的芽叶，淡淡鹅黄色，初夏已至。裸身的竹子，在空地里，日晒雨淋。茅笃从溪涧引来水，用半边竹，渡到竹堆上，给竹子浇水。水沿着竹身肆意流淌，从上往下顺坡下来，潺潺的，白白的，水淌声嘶嘶嘶嘶。要不了三五天，竹子发出轻微的爆裂声，嗝——嗝——嗝——像虫子发出的声音。竹皮收缩变硬，挤压着竹瓤。竹子发出淡淡的甜酸味，和着开花的野豌豆的馥郁气息，在山野，形成气流的旋涡，久久不会消散。

陈醒农把发酵了的竹子，拖在地上，用脚踩，嘟，嘟，嘟。竹瓤嘶啦嘶啦地散开。他手上卷一块破布，拉竹皮。竹皮麻灰白，像一张死人脸。酸梨把踩烂的竹瓤压在石墩上，用棒槌捶，呼哒呼哒呼哒，竹瓤变薄变软，竹灰从棒槌下扬起来。山梁上，五月的山鹰叫得不再犀利，呜——啊——呜——啊。山鹰三两只，斜斜地拉开长翅膀，从山巅盘旋而下，一个俯冲，消失在竹林里。村里没几个人知道这个右派分子叫什么名字，大家叫他先生。他穿各式各样的衣服。有的宽大得像袍褂。有的窄小得扣一个扣子也会把衣边崩裂。有的衣服只有大半截，袖口也没有。他的衣物大多是村人送来的旧衣旧裤。他有浓重的四川口音。他会采药看病，过年了，给各家各户写春联。他还会打卦。他能写一笔好字。至于他的前半生，村里人各说各事。酸梨的娘家在隔壁村，嫁到我村没几年，夫家因她成分不好，断绝了关系，将她赶出了家门。知情的人说，酸梨没生子嗣，被嫌弃。我还记得她年迈时的样子：脸像个蚕豆壳，头上盘一个发髻，小八字脚，说话的时候嘴唇会颤抖。在破塘坞没两年便和茅笃生活在一起了。

罗克中作

竹丝掺杂马蔺草作腌料泡浆，做成草纸。草纸一担担挑到大队部，大队部给供销社卖。茅笃做的草纸，原料有大量竹丝，比外来纸好。外来纸没有竹丝。草纸吸水性强，糙手，在饶北河流域用量大。烧路头用草纸。祭祀用草纸。丧葬用草纸。包零食用草纸。做道场用草纸。妇人生产也用草纸。临产了，把草纸垫在下身，厚厚的一沓，铺开。草纸事前要用艾草熏烤，摸在手上滚热发烫，纸面淡淡焦黄。妇人在床上痛得打滚，浑身爆豆大的汗，衣服湿透，可以拧出水。男人六神无主，搀扶着自己的妇人，接生婆一边鼓劲一边好生安慰。生产是妇人涅槃的过程。妇人浴血重生。大量的血浸透了草纸。我们把血纸称作胞衣纸。人死入殓，穿了寿衣，头下枕一卷草纸。草纸柔软，吸水，不会扎皮肤，寿终正寝的人进了天堂，还保留了人的身形。人的起始与终结，纸作为证物，见证了生命的历程。

茅笃似乎从没离开过那个寮棚。矮矮的石墙，一扇半圆形的石门，木椽上铺着棕黄色的芭茅草。雨天，雨水顺着芭茅叶，滑溜溜地从叶尖落下来。寮棚有一个纸槽。纸槽是一个四边形立方体木质容器，边长约一米二，里面是清水泡化的纸浆。小窗户像一块豆腐箱，疏疏淡淡的光投进来，显得寮棚更暗。茅笃打一个赤膊，脚上的草鞋有些霉烂，穿一条蓝边的长短裤，裤腰上扎一条红布条，一条长黑皮围裙挂在前胸。他站在纸槽前，双手抄着纸帘，弓身抄入纸浆，斗上来，又反抄入纸浆，再斗上来，浆水慢慢在纸帘上渗下去，水珠子细细圆圆，晃着窗户映射的光，嘶嘶嘶嘶，虚线一样落进纸槽里。纸浆均匀地吸附在纸槽上，露出水淋淋的尖白绒毛。纸浆在水里浮荡,如星辰落在银河。茅笃把帘皮从纸帘上拆解下来,反扣下去,揭下湿纸,叠压在一起。窝棚昏暗,潮湿,散发浓烈的植物汁液味。窝棚比人略高一些,陈放着纸槽、石臼、石墩、木桶和一条板凳。石臼里是纸药。抄纸人在抄纸前,用木桨把纸槽里的纸浆搅动,倒一木勺纸药,再搅动,纸浆从水里浮上来,蛋花一样翻涌。纸药使纸浆和水分离,也使叠在一起的湿纸不粘连。

做纸药的植物,我们也认识,一般是榔根或鸡屎藤或芦荟。四月,鸡屎藤在朝阳阴湿的山谷地边,在红薯地的墙根下,在芭茅还没有覆盖的岩水沟中,开小喇叭状的花。花瓣白色洁净,花心却红若艳唇。圆细草茎一节节地举着花朵,蔓延在林中,像大地上漫游的灯盏。在夏季,我们去割鸡屎藤,晒干,卖给来收草药的人。收草药的人脚踏一辆三轮车,手上摇着当啷当啷的响铃,用沙溪话吆喝:"收草药呐——卖凉鞋呦——"尾声长长,一直拖到小巷深处而不见人影。先生常用鸡屎藤给村里人治风湿筋骨痛、跌打损伤、外伤性疼痛、肝胆及胃肠绞痛、消化不良、小儿疳积、支气管炎,也治皮炎、湿疹及疮疡肿毒。先生已经很老了,但并不衰老佝偻,我去县城读书时,他还在放牛。他和东生一家生活在一起。有一年春天,省里来了一个老书法家,寻访他,看了他的字,泪水涟涟。老书法家说,当今之世,难觅醒农先生之高品,笔墨如山涧奔泻,气势如山峦起伏,气息如山野洁净明亮,真乃高格之神品。可惜老先生籍籍无名。老书法家说,偶然看见一帖毛笔写的药方,见字如晤,寻迹而来。他请老先生去南昌生活，办画展。老先生谢绝，说："一九七八年，我被平反，可以回上海，我都谢绝了，在山野多年，成了荒野之人，随草而生，随草而枯。"牛在山坡吃草，他也枕鞋而卧，晒太阳。老书法家在东生家住了三天，回南昌了。之后两年，老书法家还来过村里，带宣纸来拜访老先生。老先生避而不见，牵着牛去了山垄。老书法家站在水库堤坝上，远远听见老先生唱："什么收到天上星？什么收到凡间人？什么收到山中鸟？什么收到水中鱼？……"

人被水泡得太久，水会成为毒，慢慢积淀在人的五脏六腑。茅笃五十出头便故去了，患水湿而死。他院子密密的枣花，被风轻轻吹落，落在我头上。我们那时年少，摘荷花，采荷叶盖在头上当凉帽。他干瘪，打双赤脚，站在纸槽前抄纸。纸帘分帘床和帘皮，他均匀细致地抄，抖动手腕，溪水在他脚下的暗道里咕噜噜。窝棚像一个牢房，关押着他。他除了和纸浆、水声说话，只有轻轻吹进窗户的山风。木架上有一个平板石墩，他把抄出来的湿纸，叠在石墩上，百张了，便移到木榨去榨纸。他的手白得让我们害怕，肉胀起来，没有血色。他的双手，抄过多少张纸，谁数得清呢？每一张纸，他都抖过烘焙过。每一张纸，他都抚摸过。

茅笃故去之后，东生不再做草纸，改做毛边纸。毛边纸工艺难度更大，全竹原料，垂丝更细软，腌料更久，舂料更粉烂，煮料时间更长。一九八六年夏天，我考上县城学校，父亲请酒，约来几个好友。在厅堂，父亲喜滋滋的，露出手风琴琴键一样的牙齿，喝得两眼昏花。他反复说："家里终于出了一个吃商品粮的。"东生用一个蛇纹袋拎来半袋的毛边纸，说："读书人要把毛笔字写好，以后做官了，可以给别人题词。你看看老先生，七十多岁了，还天天写字，打太极拳。"真是辜负东生叔叔了，我坐了半天的货运车，到了县城学校，第二天就把半袋毛边纸分给室友了。我从来没正儿八经地练习过毛笔字，毛笔端在手上，比拿柴刀笨拙多了。毛笔就像一根钢钎，握不动。

我十九岁参加工作，在一个偏僻的乡村中学教书，学校管理松散，校长爱喝酒爱打麻将，没课我也不去学校。我缩在家里，写小说。用大开的会议记录本写。打开记录本，纸张会散发出一种太阳烘烤的味道。我喜欢这样的味道，暖暖的，但有些刺鼻。要不了半个月，我便把一本记录本写完了。我到底写了多少本，记不清，压在一个木箱里，锁着。我不知道，自己所写的是不是小说，誊写在方格稿子上，投给《作家》《钟山》《青春》，最好的"业绩"便是收到《萌芽》的退稿。编辑在软签上写着："傅菲同志，您好。文笔优美，意境优雅，故事尚可加强。退您另处。欢迎来稿。"字迹清秀。我对文学书，近乎痴迷。母亲起床煮粥，我才倒头入睡。读普希金。读布罗茨基。读狄金森。读川端康成。读聂鲁达。读海明威。读北岛顾城舒婷。读沈从文……墨迹在纸上散发炭香。我翻开书，整个人安静了，大地安静了。无所事事的时候，我也去破塘坞看竹林，看荷塘，看造纸。东生母亲在烘焙房里，烘焙纸。她头发有略微的花白，穿斜襟的蓝色夏布衫，一双圆头绣边布鞋缩在脚上。她把纸从温热的烘焙墙上轻轻揭下来，对着光线，上上下下地看一遍，漏光的纸放在筐里，匀光的纸叠在木桌上。

烘焙房是土砖垒的瓦房，有两个房间那么大，有两扇侧门，两个木窗户。通常木窗户是关上的，蜘蛛在木窗上绕了稀稀薄薄的蜘蛛网。两扇侧门之间，是一个长边形的灶膛口。灶膛口黑而深，像碉堡的暗门。灶膛内是一个中空的储火处，下面有一条通风道。烘焙墙用土砖封砌，粉刷得光滑细腻，有老木器包浆的手感。储火处叫火膛，把木柴叉进去，燃烧半日，成了炭火，密封膛口。烘焙墙已热透，东生母亲把榨干了水分的湿纸，先洒水淋湿，再一张张揭开，贴在火墙上，用毛刷刷平，焙干后揭下。像给脸做面膜。干纸一刀一刀叠起来，用木块压着。冬天，山雀会在墙洞里筑窝，三两只，唧唧唧地飞进飞出。这里温热，暖烘烘的，待上半天，眼睛会发涩，鼻腔发痒。火膛下有热炭灰，东生母亲捡几个红薯或芋头，捂在炭灰里，煨给我们吃。东生母亲一直是一个沉默寡言的人，笑起来，嘴巴往两边撇。刚烘焙出来的纸，有木炭味，摸起来像摸在婴儿的脸上。

请酒的时候，父亲会请老先生和东生来。既是陪桌，又是喜乐。老先生黑黝黝的脸，像打了一层蜡。他喜欢穿一种没腰带的裤子，叫便裆裤，裤头绕起来打个结。他喜欢喝酒，喜欢吃煎辣椒，喜欢吃馒头。再辣的辣椒他也不怕，筷子夹起来，横着，塞进嘴巴。他看病从来不收钱，看风水也不收钱。他算卦也不收钱。孩子出生，娶媳妇，上梁架屋，都会去找他打一卦。他从一个紫黑木匣子里，掏出五个黑石块，在饭桌上，打卦。黑石块是扁平的，雕着梅花，捏起来很温润。这是他唯一从他家乡带来的东西。他还会叫魂术。谁突然生病，失魂落魄，痴痴呆呆，他不开药方，在三岔路口用大石块设一个祭坛，摆上温酒和肉，烧香烧纸。黄表纸三张卷起来烧，快烧完了，又烧一卷，连续烧九卷。纸灰被风吹得四处飞扬，鹅毛一样，飘来飘去。他念谁也听不懂的咒语，嘟哝着扁扁的嘴巴，口腔鼓起来，嘴唇快速地跳动。念完了，他拖一个大扫把往回走，病人双脚骑着扫把跟着老先生。老先生边走边念咒语，走走停停，停下来，烧一卷黄表纸，在手上扬起来。病人回了家，老先生把祭酒炖艾叶，擦在病人身上。烧三次路头，擦三次身子，病人便好了。老先生中年学做纸，老年去放牛，唱山歌唱对歌。村里人喜欢他，新谷晒出来，吊了酒（方言：酿酒）出来，也会打个三五斤，用旧酒瓶灌起来，用一个藤篮拎给他喝。邻里有大喜事，也请他算吉日，记号簿。他端一杯浓茶，坐在圈椅上，等包礼的人。有一次在我家喝酒，我问他："老先生，什么纸最好啊？"他不答，斜眼看看东生。东生吊起眼皮，说："什么纸最好，这很难说，纸分皮纸、麻纸、竹纸，我只见过草纸、香纸、毛边纸、宣纸，《蜀笺谱》记载，连史纸最好。"东生扭过头，看看老先生，问："老先生，这样说对不对啊？"老先生抿着酒，不答。东生说："铅山是个纸都，连史纸闻名天下，是皇家贡品，比丝绸还贵呢，可惜我还没见过。"他嘟囔着说："我连老家也没去过，晓得老家在天柱山下浆源村，有河，河边家家户户做纸，蒸料锅还是用明朝的。"老先生说："一张好纸，无瑕疵，不容灰尘，不容杂斑，莹润如玉，绵若蚕丝，暗中生光，久阅不伤眼，久藏不变色，听之有声，抚之有波。”老先生顿了顿说：“世间有这样的纸，去哪里找呢？找到了，世间又有几人可配用呢？只有颜真卿、岳飞、文天祥、解缙、于谦、徐渭、戚继光这样的人，可以配用。我们是草民，当然草纸最好。”

结草为民，烂贱多福，随风匍地生长，遇水葱茏。老先生活了八十八岁，无疾而终。临了前一天，他还在菜地里栽萝卜秧——冬天太冷，雪下下停停，树上结着灿灿的冰花。屋檐的冰凌迟迟不融化。老先生扒开菜地上的雪，挖了两条地垄栽萝卜秧。栽的时候，觉得手使不上劲，眼睛有些发黑。他坐在厅堂，喝了碗热姜茶，回房清理东西。他把自己写的字，折起来，存放在一个木箱里。把木匣子也存放在木箱里。还有一绺红头绳扎起来的头发，也存放在木箱里。晚上，他喝了一小杯酒，对东生说：“我有福啊，和你一家人生活了大半辈子。我以后不在了，你把我埋在竹林里，那里清净。你们也不要给我穿寿衣，用草纸把我裹起来。”他从来不说交代后事的话，这是第一次。他握着东生的手，说：“我生而无求，死而无憾。草纸就是我的肉身，一生在草纸上写字，大半生随你父亲做草纸。”东生泪水吧嗒吧嗒滚落。东生识字写字，都是老先生教的。东生幼小时，山里寂寞，只有他一户人家，老先生对他特别疼爱。老先生来到江西，来到饶北河，和茅笃成了一家人。

进破塘坞，由一条弯道从山谷绕上去。砍柴挖地，扛毛竹背竹笋，来来往往的人很多。十五年前，村里开了一条机耕道从水库走，不需要盘山。可外出务工的人，在一夜之间走空了村子。

野猪三两年间大量地出没于水库一带,红薯地菜地和冷水田无法种植,庄稼还没成熟,就被野猪吃光。地一直荒在那儿,芭茅矮灌木丛生,人进不了山。东生一家在巷子盖了房子。他的两个儿子,一个在邻镇中学教书,一个在浙江做油漆工。两个儿子都会做纸,但都扔下了手艺。做纸辛苦,起早贪黑,却赚不了几个钱,养不了家。东生便一个人做纸,早上上破塘坞,中午回家吃个饭,下午又去。他骑一辆笨重的摩托车,呜呜呜——从我父亲门前骑过去。他六十多岁,身子缩在摩托车上,破旧的中山装套在脖子下面,显得宽大,风鼓起他的衣服,好像他随时可以被风刮走。我每次回家,也去他家串门。我出了书,也送一本给他。他一字不落地读,反复读好几遍。他会说书里很多有意思的事,哪个写得像,哪个写得不像。他说:"你写油麻婆在岩石洞里偷情,没这回事,是在瓦窑里。"我看着他,嘿嘿地笑。他又说:"你写打石营生的老七,最多一餐吃了四十六碗饭,也不对,是四十八碗。"他记性好,哪篇哪个人什么事,都记得。他说:"在杂货店偷鸡蛋的那个人,不是银屎,是三黄毛。"我又嘿嘿地笑。有一年,他知道我外出赚钱去了,他给我打电话,可能是喝了酒,说话结结巴巴,断断续续地说:"你赚那么多钱干什么呢?够用就可以了,你要回家,写东西,无论你干什么,你都不要忘记写东西,印在纸上的字,就是你的命刻在上面,这比赚钱重要。"他挂了电话,隔了几分钟,又打电话来,说:"记下了吧?不要忘了啊,我们村里好多东西,你都还没写呢,下次回来,我给你讲讲。"

六年前,他已经做不了纸了。他的手抄不了纸,手有些僵硬如铁丝,不能大幅度地活动。他把做纸的家什,洗净晒干,挂在四楼阁楼上。他说,传家宝,不能丢。有一次,他带我去楼上看。阁楼很大,有帘床,有木榨,有纸槽,有石臼,有石碾,有棒槌,有大蒸锅,还有蔡伦的木雕像。他不停地吸烟。他轻轻地自言自语,又像是对我说:“不知道哪年,这些家什可以派上用场?可能都不会有了。”他捏捏自己的手关节,落寞地说,谁知道做一张纸出来,有多难,做一张好纸,要一年。一年稻子种两茬了,草青一次又草黄一次。“人死的时候,身体会慢慢变凉,和水潮退去差不多。”东生又说起他父亲的死,泪水涟涟。他吸着两块钱一包的“月兔”烟,烟灰一撮撮落下来,落在他衣服上。衣服是藏青色的,已被浆洗得发白。他说:“我抱着父亲,他的头搬在我肩上,眼睛看着我,说不出话。他的脸慢慢变白,四肢慢慢不灵便,僵硬。我眼泪水啪嗒啪嗒落下来。一个人离去时,我们都是束手无策的,那是真正的孤单啊。”他下巴有一撮白白的胡楂,在不停地抖动。“人生如纸,遇火成灰,遇水成浆。”这是他父亲临终对他说的一句话。那么多年,他没明白这句话,在告诫他什么。等他明白了,他老了。比他活着时的父亲更老。老得像一堆废纸。我站在他家四楼,可以看见破塘坞的山梁。山梁下的荷塘前,在多年前,在阳光丰沛的五月,竹竿上挂满了竹丝。淡黄色的竹丝,像麻丝,朴实、粗糙。荷塘被竹丝包笼着,荷花映照。我还是一个少年,在竹丝下奔跑玩耍。阳光照在竹丝上,白白的。阵雨来了,忙着收竹丝,从竹竿上取下来,抱进茅棚里。

我们也去帮忙。干竹丝放进踩缸里，用石灰水浸泡，泡透了，捞上来，冲洗完石灰水，用脚踩，再抱去塘里发酵。

硬硬的，脆脆的，在山坳里挺拔而生的竹子，变成羽化般的纸浆，在纸槽里浮荡，需要选竹、发酵、剥丝、捶打、晾晒、蒸煮、浸润、漂白，历经数月，仿佛人的前半生。再把纸浆抄起来，做成湿纸，压榨、烘焙、验纸、裁剪，形成了纸，仿佛人的后半生。作为一个码字近三十年的人，我似乎从来没有好好理解过纸。纸到底是什么？纸上的言辞到底是什么？

给远方的人写信，是我每一天最重要的事。我选择在窗前的木桌前坐下来，我要告诉她昨日这里有雨，落下的雨会消失，但在梦里又会重现。半天过去了，我只在纸上落下八个字：孤人尤寒，记得添衣。纸短情长，是对中年人的注解吧。

书读至半夜，饿得肠痉挛，没办法，吞纸充饥吧。天冷，棉被又薄，睡了半夜身子还没暖和，没办法，抱着狗取暖睡觉吧——吞纸抱犬，是苦读窘迫人的至佳描写。

抱着女人，在画舫饮酒作赋，抱琴抚弦，鸳鸯嬉戏，没有比这更甜腻、更温柔乡的事了，好好沉眠吧，如赤足踏波——纸醉金迷，是大多数人想要的生活，是万丈红尘中的胭脂红。

临了，还要拎一个篮子，把落花一瓣瓣捡起来，葬在湖边，一边葬花一边咳血——命比纸薄，凡吃五谷的人，应该尊重命运。命运如此神秘，我们以为它不存在，其实它和我们如影随形。

我们不要去做一个伪善的人，不要开口闭口不着调地撒谎，不要害怕事情真相被揭露，我们要坦然面对生活——纸包不住火，是我们朴素的人心哲学。

三纸无驴。一纸空文。满纸空言。

纸上谈兵。纸笔喉舌。

重纸累札。断缣寸纸。纸田墨稼。纸落云烟。笔墨纸砚。都中纸贵。

片纸只字。官情纸薄。一纸千金……

“一把辛酸泪，满纸荒唐言。”（曹雪芹诗）

“烽火连三月，家书抵万金。”（杜甫诗）

纸是生命的证词，也是时间飘落的灰烬。

一九九七年端午之后，我一个人辗转乡道，坐破烂的中巴车去铅山县天柱山乡寻访做连史纸的手工纸厂。砂石公路颠簸不堪，随处可见河水冲毁的公路。河床夹在山谷之间，河水翻卷咆哮，跃起浊浪。山谷响彻滔滔奔泻水声。铅山是造纸之乡，宋元明时期，便是纸都。在鹅湖，在石塘，在天柱山，在太源，在港东，村村造纸，尤以连史纸声名远播。连史纸，又称连四纸。据传，始创者姓连，家中兄弟四人，老三老四做纸，以连四法抄纸，纸薄如蝉翼，绵如蚕丝，故称连四纸。后来，写史的人，以此纸刻印史书，连接古今，便又称连史纸。连史纸始创于后汉，大成于宋元，倍受皇家和贵族推崇，纸与丝绸等价，以其质地细嫩绵密、洁白莹辉、千年不腐、千年不蛀、寿比金石而不裂、朱墨韵味、丝毫毕现、枯可生气、湿能见韵、随类赋形而名扬四海。天柱山属于武夷山北麓，崇山延绵，群峰叠翠，竹海绵绵无尽。山中寻访两天，我无望而归。在浆源村，只见完整的手工纸厂遗址。这是茅笃的出生地。浆源老一辈的人都还记得他——粗壮结实，一身好力气，头发黑熊毛一样又粗又黑。连史纸，纸中锦帛，可已无人生产——它太昂贵，它太孤绝，难以流通。一张纸需要一年的风雨流转，纯手工，纯天然制作，我却再也无缘结识。我无缘拜会那一方山水的做纸人——我多么想去摸一摸捶丝人的手，看一看晒丝的矮山冈，挑一挑堆着榔根的簸箕，闻一闻烘焙房的炭灰味，可灶膛口已经结了蜘蛛网，拴在木榨上的麻绳已经腐烂，石臼里的纸药已经风干，蒸锅已经空空堆着杂货……神秘的做纸人，或许在浙江在广东在江苏的某一个工厂门房里，做一个孤独的看门人；在奔忙繁杂的大街上，背一个蛇纹袋，收破烂；在工业区的某一个街角，开一个杂货店，坐在藤椅上，眼巴巴地等待顾客。也或许神秘的做纸人，成了地道山民，砍毛竹下山，一车一车地卖给工艺竹编厂。或许他们已经年迈，坐在院子里打瞌睡，耳畔流水声汤汤而过也听不见。

消失。一切都在消失。神秘的做纸人，神秘的纸药，神秘的工艺都在消失。恍如后山的破塘坞。芭茅和灌木覆盖了那片山坳的窝棚。窝棚成了兔子、山鸡的筑窝之处。腌料的塘口被藤蔓覆盖。山寺又恢复成了寺庙，入住了一个带河南口音的僧人。供奉蔡伦木雕像的前堂，改为供奉弥勒佛石像。荷塘的荷花适时而开，却没了摘花人。我每年春季还会去那里走走，手拿一根木棍，拨开荒草，进入压榨房、烘焙房、抄纸坊看看，山老鼠窜来窜去，地面刨出了坑坑洼洼的洞。竹林里老先生的坟墓旁，修了一个凉亭。从凉亭俯视，可见瓦蓝色的水库，和低矮的杉木林。

映山红在山崖，开得格外绚丽，红艳艳一片。

我们用纸包装食物。我们用纸擦拭身体，抹去污迹。我们用纸祭奠先人。我们用纸写契约。我们用纸写情书，写遗言。我们用纸刊印文字，拓印石刻，描绘四季的色彩……灰烬是纸的骨灰。纸是命的肉身。水是纸的深渊。时间是纸的睡眠。可我们似乎从来没在乎过一张纸。嘴巴有油了，我们抽一张纸巾，抹一下，扔进垃圾篓。写错了两个字，我们把纸揉成一团，扔进废纸篓。

每一个人都离不开纸，就像我们离不开布——假如精神也具有人的身形，纸就是它的布。把一张纸铺开，我们就能听见雨邈远地落下来，落在山林里，笋破土而生，拔地而起，抽开油绿的芽叶，生生脆脆，追逐阳光。山涧潺潺如银铃，月光迷蒙如雾岚。纸是一片山野的浓缩，含着山野的精气。纸有人的体温，造纸人的血脉脾性和孤独在纸中积淀。在纸上落下去的每一个字，我们都要发自内心，因为纸会逼视我们。

化浆沉淀，凝固成纸。

落墨穷现，韵味万千。

纸里密布河流，源头是温热的血管。纸里储藏着雨声，淅淅沥沥，与深山竹涛声一起合唱，忽远忽近。清浅有致的山溪，低矮的黑瓦房，舂碓咿呀咿呀……

竹溪，竹溪

正月初六,村里有人杀牛。初五晚上,母亲交代我:“你明天早起,去买两只牛蹄回来。吃了牛蹄,膝盖不痛。”我说,谁家杀牛啊。母亲说,上村的老鱼师家里,他家养了几十头牛,放养在烧烟坞。

早早起了床,我把儿子也喊了起来,说,老爹带你去看杀牛。儿子钻进被窝里,闷声闷气地说:“杀牛,那么残忍,你还要去看,你也残忍。”我竟然被他说懵了。我撑起一把断了伞骨的雨伞,沿街去了上村。雨稀稀疏疏地下。村中老房子基本没有了,巷子格局发生了很大的变化,我忘记老鱼师住哪栋房子了。一个在埠头洗菜的妇人,见我站在巷口犹豫地东张西望,问:“你找哪家人?”“我是傅家的,听说老鱼师早上杀牛,来看看,找不到了。”妇人五十多岁,梳一个菊花头,哦了一声,说:“傅家的,面生,你是在市里的那个吧？你出去这么多年了,是找不到。老鱼师杀牛不在家里，在竹溪。你去竹溪看看。”

穿过一条巷子，往溪边走，看见了一片竹林。竹林在微雨中，青翠欲滴。竹溪是一所旧书院，临溪多竹，故名。村里大多数屋舍，我比较陌生，竹溪却非常熟悉。我表哥，年长我十五岁，瘦猴一样，热衷于赌博。少年时代，我喜欢跟他去看赌博。父亲严管自己孩子赌博，抓一次，用棕绳抽打一次。父亲也管我表兄弟赌博，抓一次，关禁闭两天，不能吃不能喝。我大姑只有这么一个独生子，舍不得，父亲转身走，大姑立马放了表哥。表哥不敢在明处赌，便约人去竹溪。竹溪是空房，无人居住。赌博的人围在戏台上，玩“三张牌”。我在书院外，放风，看见父亲从溪边小路过来，我就吹竹哨子，嘟嘟嘟。

书院的大门已经烂了，只留下两个门轴，门顶长出了两株小灌木。天井里挤了十几人，打着伞。牛瘫倒在地，肚皮已经被破开，阴沟里全是结块的牛血。老鱼师用一把尖刀，正在掏牛的内脏，血瓤瓤的。肚瓤里，冒出白白的水汽。掏出来的内脏，打开水管，噗噗地冲洗，扔进箩筐里。四个男人把牛身抬上屠墩，老鱼师从刀篮里，找出一把剁骨刀，剁牛咽喉处，哒——哒——哒——牛头被切割下来。我不忍再看，走到竹林里，看溪水。后山有一个高山小盆地，在山口形成一个夹坳，坳口之下，是山崖。山涧从山崖跳下来，哗哗哗，在深潭回旋，一个个旋转的水圈像一朵朵莲叶。涧水从沟里流出，弯过一片菜地和几块稻田，和饶北河渡水过来的水汇合，成了溪流。竹子是桂竹，手腕粗，和香椿树一样高。竹林密密的，散发着竹叶腐烂的气味。乾隆六年

竹溪書院

(1741),乡绅余宗英捐资修建了书院,作学堂。当年便栽下了两株桂竹,后成了一片大竹林。道光十九年(1839),书院毁于火灾。道光二十九年(1849),村民筹资重建。

买牛肉的人,陆陆续续地来了。一头牛,一个来小时,便卖完了。人散了。我站在书院,木然。书院有一个前厅,前厅有两层,二层是一个老戏台。戏台的楼板大多断裂,柱脚被虫子蛀了芝麻大的孔,密密麻麻。侧边有两个木板楼梯,可以直接上戏台。前厅过去,是一个四边形的大天井,四个角各有一个大水缸,两侧有两个大开间。天井过去是一个大厅,厅上悬了一块"文运恒昌"的匾额。厅的两侧也各有一个大开间。厅顶,有一个大藻井。也不知在哪一年,藻井被人偷卖了,漏雨漏了两年,木匠黄麻子看不过去,买来明瓦架了木椽,盖了。两条狗在地上找牛肉碎和骨碎吃,伸出舌头,低着头。吃完了,又吃牛血块。血腥气有些呛鼻。我上了侧边的楼梯,站在戏台上,腐木的气味也呛鼻。我抬头看看天井上的四角天,雨丝缥缈,铅灰色的天空像一锅煮糊了的米汤。书院已多年无人管理,厅里摆了好几担粪桶,我估计是种菜人留下挑水的。青砖的墙体,有的地方已经塌出了洞,地衣植物油绿地疯长。

在民国时期,竹溪书院还是开办的。父亲在这里读过私塾,一年交半担谷子作学费。读了三年,去了镇里读高小。村里在民国时期,出过几个读书人,在抗战时期,离开了村子,去参加了革命,有的参加了国民党军队,有的从事地下党活动,有的在政府做事。我见过其中一个,在市交通部门工作,已离休,他曾参加过方志敏的部队，参加过解放战争，参加过抗美援朝，转业后回到地方，是个坚定的共产主义者。随国民党部队去了台湾的，有三个人，其中一个叫李家富，在一九八六年回来探过亲。他六十多岁，带了电视机、电风扇等很多家用电器回来。他的老母亲还在，他的弟弟还在，他在村里待了一个多星期，又回台湾了。后来再也没有回来。李家富的侄子——在小学教书的李福明说，李家富一直没有成家，在台湾也没个亲人，是孤老。私塾老师，叫王昌明，我也见过。我还是十来岁，他已经八十来岁，写一手漂亮的行楷。他有一本自己写的古诗集《竹溪诗草》，用毛边纸装订，送过一本给我父亲。王昌明在村里，很受人尊重，也常有人提一些伴手礼去看他。父亲说起他，就把大拇指往外一竖，说："马蹄岭带归，老先生算是带号的人物。"带归是以内的意思。马蹄岭是灵山的一道山梁。山梁之北，便是饶北河上游盆地。王昌明讲四书五经，讲五天五夜，可以不翻书。这是父亲说的。他会弹瑶筝，我是知道的。早上或傍晚，他会在厢房里弹一会儿。

没有学生的书院，也有热闹的时候。一九五八年，竹溪成了大队部的办公场所和粮食仓库。竹溪有了电灯、摇把电话。社员代表开会也在这里。戏台上坐着讲话的人，门口站着民兵，台下坐着代表。有时，代表也集合在这里听广播，听伟大领袖毛主席的直播讲话。

在竹溪最后的一次村民集会，是在一九八三年正月，实行土地包产到户。我已经读小学五年级了。一户一个村民代表，在竹溪抓阄。一屋子全是人,屋外是满场的松灯和火把。有的人很兴奋,有的人很失落。抓阄抓了一个晚上,才抓完。大队部从此解散。有一个打鱼的人,晚上下网早上收网,收上来的鱼,拿到镇上去卖。有时下了网,也不回家,睡在戏台上;有时又回家,安安稳稳地睡;有时去河对岸的瓜棚里,和守瓜人聊天到天亮。他喜欢喝酒,喝了酒就唱歌。他唱歌的声音阴森恐怖,如鬼哭狼嚎一般。竹溪经常传来他的歌声,像一个幽灵在游荡。

竹溪再也无人管理。从河里游泳回来,竹溪是我们嬉戏的地方。我们站在戏台上,学着老生的样子,乱唱一通。记得大厅里,曾经有一座孔子的木雕像,大队部解散后,也被人偷了,卖给了浙江人。谁偷的,村里人都知道。雕花的木窗户和悬梁的浮雕,被人锯了,卖给了收古董的人。但这并不妨碍我们玩耍。

夏天,农忙时,下午会有一餐点心。夕阳西斜,各家的妇人或孩子,提一个竹篮,到竹溪。篮子里,有一个碗,碗里是面条,或蛋炒饭或面疙瘩。田里做事的人,跺跺脚上的泥巴,抓一把草揩揩手上的泥垢,端起篮子里的碗,坐在天井的台阶上,吃得吧吧响。下雨了,竹溪也成了躲雨的凉亭,站在厅里,望着头上的天,雨水从屋檐冲泻下来,溅得满地雨珠。

这十余年,外出务工的人渐渐少了,平时没什么事,便窝在一张桌子上赌博。一般赌白板九、小九、牌口。压在杂货店门口堵。派出所偶尔也来抓,前后一围,谁也跑不了,赌资上万收缴。大家便放在竹溪赌。从公路到竹溪有一里多路,是田埂道,派出所的人抓不到他们。想赌博的人,也不用谁邀约了,吃了饭往竹溪去，在门口转转，人也三三两两来。打架事件也时有发生。前年冬，一个人被挑断了脚筋，因他出老千，色子注了水银，被发现了。

昨天，我表哥打电话给我，说，竹溪坍塌了，只剩下四堵墙。我说怎么会倒了呢？“哪有不倒的房子？几十年了，房子没有维修，屋漏了这么多年，什么木头都腐烂了，木头又不是铁打的，是铁打的，也生锈了，烂了。今年的雨季实在太长了，雨压得人喘不了气。”表哥在电话里说，“哦，还压死了两个人，一男一女。”表哥又补了一句。

木与刀

棺材是一艘船的形状。棺木是一棵老柏树。酸水开一辆手扶拖拉机,把老柏树的树根拉到耀宗院子里,说:“老雕师,你看看这个树蔸能雕个什么东西。”酸水常年在深山伐木,常能找到好木头。耀宗歪着头,细细打量,说:“柏树无格,只能解板,雕什么也没人要呀。这么粗的柏树,倒是难得见到,要是樟树,那便好了,雕弥勒佛,雕观音,雕关大爷,雕赵子龙,雕狮子,雕水牯牛,好得没话说。”酸水哦了一声,拉起衣袖抹了抹油蜡蜡的脸,说:“那你出个价,我来回拉累人。”耀宗说:“我是个雕师,又不是木匠,要这样的树蔸没用呀。”酸水掏出纸烟,递了一支过去,说:“你再看看,能雕什么,让我保个工钱油费。”耀宗抠开一片树皮,看看木质,说,在山里晾了三年了。酸水说:“架在马槎上,干了三年多。”“你看看这样可不可以,算木板价,另加五天工钱怎么样。”耀宗说。“你这样照顾我,我哪会不卖呀,你说了算，说了算。”酸水说。耀宗从窗台上找出一支木炭，在黄泥墙上记：“小满日，收酸水树蔸。”又侧过脸对酸水说：“钱过两个月后给你，这些时日手头紧。”

第一眼看到树蔸，耀宗便认定这是好棺材料，要给自己留下，落个安生。耀宗七十二岁了，得给自己备棺材了。他从刀箱里拿出刨皮刀，哗，哗，哗，把乌黑黑的树皮刨了下来。刨皮刀两尺长，两头有刀把，中间是个长弧形的刀口，刀背浑厚。他双手握住圆口刀把，肩胛骨鼓起，刮树皮。

他是个木雕师，是个揪出树魂的人。

院子在一个矮山坡上，石头墙围着。院后是一栋三家屋，屋后是几块菜地。坡下是一条溪涧，麻石的石拱桥弯过去，有一条机耕道通向田畴。溪涧埋伏在芦苇丛里，咕咕作响，拐过一片荞麦地，便是村舍。每一棵大樟树下，都有一个埠头，供人挑水洗衣洗菜，也供小孩漂纸船，供小鸭子凫水。耀宗是短命锔匠的儿子。他每次喝了酒都说：“师傅比父亲更亲，没有师傅便没有我。”

耀宗十二岁那年，瘸子的锔匠挑一担锔木箱，在灵山北脚，走村串户，手上摇一个铜铃铛，吆喝：“锔盆儿，锔碗，锔大缸嘞！锔壶，锔锅，锔大钵嘞！”他在洲村走了三天后回到村里便再也走不了。在他破茅屋里，一床破棉絮捂了三天，咳嗽了三天，吐了三天，泻了三天，人像池塘一样快速干涸下去。耀宗成了孤儿，没了去处，要了几天饭。收账回家的修琴师傅见孩子身子单薄，穿一件空拉拉[1]的破棉袄，但双目锐利，手指细长，黄菜叶一样的脸色让人怜爱，问孩子："你愿不愿意跟我学做木雕呢？做木雕糊口饭吃还是可以的。"

木雕师傅带弟子有严规。徒弟早起给师傅挑水种菜，给师娘烧五更锅，给师傅添饭，给师傅打洗脚水搓脚，干两年没工钱。当了两年徒弟后再当三年伙计，领一半工钱，还得在师傅家干部分重体力活。伙计三年完期后出师，自己做师傅。耀宗提一个木桶，从埠头提水上来，晃着晃着，水倒了半桶。满缸水，要提十八个满桶。耀宗站在矮板凳上，手托着桶底要倒水入缸。人瘦弱，气力小，哗啦一下，水桶滚下缸口，水倒了满地。打了水桶，他惊吓得发抖，哆哆嗦嗦，站着不敢动。师娘捡起水桶，喊："修琴，修琴，你不要让孩子提水了。"师傅嘿嘿地笑着说："水提不上缸，怎么雕木啊。"

修琴师傅花了三担谷子，送耀宗去竹溪书院读书。书院从《三字经》《千家诗》开始，读、写、解。王昌明先生严厉，手上抄一把戒尺，常常落在耀宗身上。耀宗读了半年，便对师傅说："师傅，我不想读私塾，想跟师傅上门做工。"师傅坐在油灯下，正在看《西厢记》，说："七十二行，木雕是一行，为什么木匠三年出师，木雕却要五年出师？做木匠，有力气不眼瞎，就可以干，做木雕，得识别美丑善恶，这是道行，道行要修炼和磨砺。"

耀宗不出声了。每天晚上，师傅看书，耀宗写字。师傅靠在圈椅上，歪着头眯着眼，一条包被卷在身上，读。修琴师傅家里

---

① 空拉拉，江西上饶方言，空空的意思。

有很多书，一本本地夹在一个书架上。他喜欢读《红楼梦》，每年要读一遍。修琴师傅做佛像木雕，也做家具木雕，雕花床，雕茶几，雕香桌，雕木箱。

上工回来，修琴师傅便读书画画。耀宗习字，站着写，用毛笔蘸水，写在一张油漆板上，写满了，用抹布抹掉。耀宗手腕绑一根麻线，麻线吊着鹅蛋大的秤砣，一块木板字写满，手臂酸痛难忍。师傅没叫他停下来，他也不敢停笔。他停下来想松懈一下，师傅斜眼瞄他一下，他又提笔。师傅看书看疲倦了，他提灯送师傅进房，收拾桌子上的书本。耀宗睡阁楼，常想起父亲，挑一担锔木箱，沿街巷吆喝。父亲死的时候连一副棺材都没有，包上棕衣，两块门板夹起来，抬到油茶山。他已完全不记得母亲了，一岁多，母亲随一个来村里打金的人走了，去了哪儿，谁也不知道。他躲在被窝里呜呜呜地哭了起来。哭着哭着，睡着了。

读了三年私塾，耀宗跟着师傅出门上工了。他挑着木箱，扎一条破围裙，跟在师傅身后。师傅不说话，他也不敢说话，低头小步快走，扁担在肩上，吱呀吱呀地颤响。他已经是壮实的小伙子了，提水用大木桶，吃饭用大碗，嘴边也有黑黑的胡楂。师傅接一些零散的木雕活，雕梳妆台、雕寿枋、雕花床。

有一年，开药房的德贵老板，盖了一个宅院。请修琴做全套木雕设计和雕刻。修琴师傅拿着包银子，傻傻地看着德贵老板，张大嘴巴却说不出话——他哪敢相信自己会被人请去做大屋呢？

德贵老板在村街的丁字路口，世代开药房。灵山高峻，四季云雾缥缈,产中药材,也多虎豹熊狼。德贵老板骑一头毛驴,三两个月进山一次,收虎骨豹骨狼骨熊胆,也收野山羊野牛。他老父亲叫小满,穿白色短袍,戴一副老花镜,坐堂。

村街熙熙攘攘。药房在街丁字路口右边,一个大门厅,门框是两根青石柱,右边门柱雕着一棵摇钱树,左边门柱雕着一棵人参果树。摇钱树挂着一圈圈的铜钱,树下三个小孩在嬉戏。人参果树像一个百岁老头,胡须飘飘。门楣上嵌了一块石雕——“吉福安”。门厅挂着一副桃木板,刻有鎏金对联:“杏仁桃仁柏子仁仁中求德,朱砂辰砂夜明砂砂里淘金。”木柜子围了半边的门厅,靠墙竖了一大排药柜。药柜内侧有一扇门,过了门是一间碾药房。木柜前是一条石板砖走廊,一直通到里面的客厅、厨房和卧房。客厅正对“口”字形天井,天井中间是一个大石头水缸,一棵桂花树依水缸蹿过了屋檐。雨水哗哗哗,从屋檐泻下大喇叭一样的水柱,进入暗道,流入溪涧。德贵老板四十多岁,戴一顶紫绸圆帽,穿蓝色或灰紫大褂,眼睛略微内塌,每天会到新宅院溜达几次。他做事一丝不苟,但和蔼亲切,有善心。有三类人看病,他不收钱——孤老的,重度残疾的,孤儿寡母的。德贵老板在饶北河边,有一大片田园,他自己不下地,雇三个长工,种粮种菜种药材。

建一座宅院,是小满老板的想法。小满父亲在过世的时候,对小满说:“建一个宅院,一个家族才会兴盛。我们叶氏人丁单薄,八代单传,就是缺宅院,缺大家族气象。”小满省吃俭用,积下四代药房的钱,建了宅院。

宅院建在祠堂侧边，进门是一个大厅，厅顶建了一层楼板，围了栅栏，过了厅是天井，天井两边是厢房，厢房上面的二层是抛绣楼。天井进去是厅堂，用于待客喝茶，祭祀。厅堂两侧是大卧间，楼上二层有一个宽楼梯上去，是读书间。厅堂内侧各开了两扇边门，通内院，内院过去是戏台。厅堂和天井连接的两侧，有一条风弄，风弄直通偏房、花园、厨房。

请木雕师傅做宅院，东家一般请三班师傅，做一个月，辞退一班，再做一个月，再辞退一班，三班师傅浑身发力，较着劲，事要做得快做得细，说话要谨慎讨人喜，才会被东家留下来。留下来做三五年。德贵老板只请了修琴师傅一班。德贵老板心亮，请师傅之前，他也没给任何人吐露，要请哪一班师傅。

建宅院之前三年，他一边收药材卖药材，一边勘察了饶北河流域的所有大宅院和大祠堂。在徐家村，他看见徐氏宗祠有一块黄花梨大屏风，雕了一幅《浣纱图》，他便认定要找这个师傅主持自己宅院的木雕。《浣纱图》是一幅镂空山水人物木雕，刀笔细腻开阔，把西施由温婉美丽到哀怨多思至幸福沉静的画面表现得淋漓尽致，舒展有致。该木雕由“前浣纱”“后浣纱”两部分组成，浮雕共有四十四组画面，人物有两百余人，描述了范蠡与西施于若耶溪边互订婚约，历经吴越之战，至一对璧人隐入江湖的情节。德贵老板打探了好几个人，才知道《浣纱图》出自修琴之手。雕《浣纱图》时，修琴才三十出头，雕了两年多。

师傅有师傅的工钱——师傅除了做工，还要负责全屋木雕的图纸，每一个部件也不能落下。出图纸的人，博学高格。很多做木雕的人，手面功夫可以，但出不了图纸，也只能做木雕师，成不了大师傅。德贵老板提着钱袋，去修琴师傅家里，拜他做木雕主持，修琴瘫坐在圈椅上，怔怔地看着德贵老板。

应下了事，修琴师傅几乎不出门，穿一条便裆裤，摇一把半截蒲扇，摆开长条桌，画图。画了半年多，摞了两大木箱图纸，请德贵老板来，一张张图纸给他过目。他们商议每一张图画，格局、格调、构图、尺寸。耀宗站在师傅边上，倒茶端水。

宅院木雕，修琴师傅倾注了满腔的热情。很多木雕师傅的一生，都没机会做宅院，只做家具家居品，能做一个大门顶，已经是大木雕活了。独立主持一座宅院木雕的机会千载难逢。修琴师傅已经四十六岁了，第一次做宅院。之前他做过祠堂和书院，也只是部分木雕活。他一直想有一个人，请他去做宅院，按照自己对这片山水的理解，去雕出自己心中所想的模样。饶北河蜿蜒百里，可宅院有几座呢？屈指可数。做一个祠堂，还得三班师傅拼起来做，一班做前院，一班做后院，一班做雨廊偏房。

六月六，祭拜了开派祖师爷子贡，修琴师傅带着两个伙计一个徒弟，挑着三担木箱，去德贵宅院干活了。

辨识木头是一门眼功。什么木，什么山上的木，几年的木，陈放了几年的木……木雕师傅得懂得辨识。什么木有什么纹理，什么木拍打起来发出什么声音，什么木有多长寿命，什么木上什么油漆，什么木选在什么季节雕刻，什么木会被什么虫蛀……这些都是检验一个木雕师傅是否博学和有经验的标准。

木料已经备了十余年，有核桃木、紫柚木、青皮木、椿木、水冬瓜木、野樱桃木、豆花木、楸木、杜鹃木，主料为香樟木。这些木头陈放在药房的阁楼上，水分完全阴干。修琴师傅把木料分拣出来，一根根地量长度和周长，作了标记，记录在纸簿上。

师傅带着伙计雕刻。耀宗上不了手，只能打下手，做些气力活：磨刀、上刀油、擦刀、锉锯齿，刨木板、削竹榫、钻孔、钉卯榫、打砂皮，搬木头、扎木架、锯木头、解木板。

懂木头，还得懂刀。木头和刀，通灵。摸刀，磨刀，用刀，时间长了，刀和手合二为一。

耀宗喜欢摸刀，喜欢刀的寒光和钨铁的阴冷，喜欢刀的逼人之气，喜欢刀的笨拙和轻巧。圆刀、平刀、斜刀、中钢刀、三角刀、玉婉刀，他给它们擦洗，上油，入皮套。“刀是最硬的东西，也是最脆的东西。说刀最硬，是因为刀可以把金银铜铁雕出花。说刀最脆，是刀随便一磕碰，便断了，不如一根草。和一个人的命，是一样的。”磨刀费力，伤腰，磨了三把刀，疼得腰直不起来。耀宗偷懒，刀没磨出锋口，便给师傅用。师傅用手指蘸水，摸摸锋口，对耀宗说：“磨刀就是磨人，用刀就是用气。锋藏在刃口，气藏在腕里。人磨得不轻浮了，就可以用刀了。”耀宗听不懂师傅的话，但记着。每日上了工回来，他还得读书，习字，画画。

《岳飞传》《三国演义》《水浒传》《红楼梦》《临川四梦》《三言二拍》《桃花扇》《长生殿》《聊斋志异》《搜神记》等书，耀宗来来回回地读。耀宗坐在一个木桩上读书，木桩拴一根绳子，师傅拽着绳头，耀宗打瞌睡了，师傅便会拉一把绳头，木桩便倒了，坐在桩上的人，摔在地上，睡意全无，又继续读。

修琴师傅主持木雕八年半，德贵老板宅院完工。两人都双鬓花白。完工了，修琴师傅也病倒了。人瘦得变形，颧骨凸出来，口腔凹进去，说话都没了人声，像只野鸭叫。饶北河是信江的支流，发源于北灵山。冬雪从山巅飘洒下来，天乌沉沉，山雀翻着跟斗似的在屋顶飞来飞去觅食。斑头雁早早来到了饶北河过冬，栖落在光秃秃的洋槐树上，呱呱呱呱，叫得满野震颤。风呼呼地刮，树枝在摇动，树枝上的斑头雁显得惊慌失措又悠然自得。河水白白的，卷动水花，鱼群跃起来，跳过矮矮的石头水坝。田畴的油菜被白雪覆盖。天太冷，一家人都缩在火炉边。村子人多，街上并无多少行人——冷与饿，是村人的天敌。

那年冬，解放战争全面爆发。

腊月正月，宅院里，每天都有客人走动，来观赏木雕。有地方乡绅，有读书人，有外出经年突然回故里的买卖人，有贤士，有手艺人，有亲朋好友，有梨园人。“这《十子图》了不得，十块组图刀笔遒劲，构图独立，又互为一体。虎子戏幼崽，生动有趣，天伦之乐跃然而出。豹子站在山崖上，有英雄气，有傲骨之气。”一个站在门前的人，看了又看，舍不得抬脚进门。

“我觉得《岳飞破拐子马》更有气势，三十六个人物，神态不一，动作不一，一百三十匹马，每匹马奔跑的姿势相异，看起来却气象万千。”另一个人说。

“《黛玉进贾府》是常见的木雕组图，我没看过比这组木雕更让我动心的。刀笔细腻，黛玉步态摇曳，哀怨多愁，可以看见风吹动她的裙子。”两个读书人在组图前，边看边评说。

厅堂摆了两张八仙桌,天天坐满了喝茶的人。

可惜小满老板没看到宅院落成,便故去了。除夕那天,德贵老板提了香纸酒肉,特意去上了坟,告慰家父。修了一所如此精美的宅院,不但是德贵老板和修琴师傅的荣耀,也是村子的荣耀。修琴师傅抱一个长筒火熜,每天下午去宅院坐坐。这些木雕,是他一刀一刀刻出来的,一个孔一个孔钻出来的。寒暑更迭,草木枯荣。

三五天便有人上修琴师傅的门,请他做木雕活。但都是一些零散活,雕菩萨,雕祖宗像,雕孔子像,雕器物。四月五月,是梅雨季,木头返潮。修琴师傅这个季节不做木雕活。

梅雨季也是草木膨胀发育的季节。修琴师傅腰上的刀匣插入大柴刀,握一把钢叉,带着耀宗进山。山叫驮岭坞,高大粗壮的乔木漫山遍野。他们去看树。

去驮岭坞,有十几里山路,穿过一个大峡谷。他们吃自带的饭团。山中常有虎豹熊狼出没,山羊麂子野牛獐狸蛇兔山鸡山猫,每日可见。驮岭坞只有一户人家,世代以打猎为生。有时他们也借住在猎户家过夜。山上的每一棵百年老树,修琴师傅都要用斧头脑敲一敲,听一听树发出的声音。爽朗的树声,激越他心房。他也像春天的树木,郁郁葱葱。听完了,摸一摸树皮,抱一抱树身。他熟悉自己的四肢一样熟悉树。他溜几眼,便知道树龄、树的肉质、树的纹理和花纹。

十八年后,师傅已不在人世,耀宗才明白师傅的苦心,为什么要逼自己读书、画画、习字,为什么要每年进山看树两个月。

随影赋形，随形赋神。刀是人的手，树是人的魂。一个木雕师，只有吸尽了树的气，才能赋予树以人的魂。有时，天降大雪，雪封了村子，师傅还带着耀宗进山。他们坐在驮岭坞，听树被大雪压垮的声音。不同的树，雪压垮树丫的声音不一样。他们听树断声，便知道是什么树在断，断在哪个部位，声音持续多长时间。他们一棵棵地查看被雪压垮的树，看断口的形状、部位、颜色和周长。师傅会莫名地兴奋，他似乎看透了一棵树的前世今生，以及生命的质地。"一棵老树吸收了天地之精华，和人一样，是有思想的。懂得人心，才会懂得树。"耀宗一直铭记师傅这句话。

一个雕刻师有一个雕刻师的命。不可转圜的命。耀宗到了六十六岁，才得以主持一栋大祠堂的木雕工作。一九八八年，邻村周氏族人筹资百万，重建周家祠堂。饶北河一带，自古祠堂兴盛，方圆十里内有姜家祠堂、徐家祠堂、叶家祠堂、余家祠堂、全家祠堂、张家祠堂、周家祠堂，都是青砖高墙，前后两栋，有雨廊，有大天井，气魄非凡。祠堂经历了时代的变迁，要么被拆除，要么被铲去了头像。留下的祠堂因无人管理，年久失修而破败不堪，有的祠堂被村民拆了半边，用于建房；有的祠堂坍塌了，被垦出了两片菜地。

周家祠堂于一九六七年拆除。周氏族长访了很多木雕师，想请一个有眼界的人，主持祠堂木雕。族人公推由耀宗主持。耀宗是唯一一个全程参与雕宅院的人，也是唯一一个几十年还没有落下手上木雕活的人。早年的木雕师，都改行做木匠或干其他营生去了。在吃饭都艰难的年代，贫穷的年代，请人做木雕，无比奢侈，谁请得起呢？

耀宗从阁楼里，搬下木箱，给族长看。木箱里藏着画图，满满一大箱。这是他师傅留给他的。二十多年了，他从来没有打开过木箱。他以为这一世，没机会看这些图纸了。他一遍一遍地摩挲这些图纸。他似乎看见师傅圆阔的脸，哀绝的眼神，似乎摸到了师傅粗粝刚硬的手……德贵老板的黑色圆帽、宽边长袍，和婆娑的泪水，在耀宗浑浊的眼里，瞬间涌了出来，像一团解不开的影子。

周家祠堂雕了六年，得以完工。这是与以往祠堂完全不一样的木雕布局。前堂组图有《无家别》《垂老别》，雨廊组图有《焚书坑儒》《桃园结义》，后堂组图有《拜将台》《岳母刺字》，门顶组图是《驮岭坞四季》。完工那天，耀宗跪在香桌前，失声恸哭。香桌上，是师傅的图纸和画像。

耀宗不再接活了。他把剩下的时间，交给一副棺材。他要给自己雕一副棺材。困扰他的是构图。到底要雕些什么呢？每次他铺开纸，他都觉得自己回到了少年，在阴暗的房间里，师傅和德贵老板交谈着，他们时而拍桌争执，时而击掌相欢，自己站在他们身边添茶倒水……这个时候，耀宗披起衣服，点一根纸烟出门，去宅院看看。修琴师傅去世之后，他再也没有来过这个宅院。

在这二十多年里，他怎么看，都觉得这个宅院，是一座坟墓，阴冷得让他彻身寒冷。

宅院已空无一人。宅院里的人，十余年前已迁居国外。无人的宅院，就是一座废墟，或者是时间的遗址。天井里早年种下的紫薇树，高过了屋檐。瓦楞上的荒草随风摇曳。耀宗叫了一声：“德贵老板。”缓了一会儿，又叫了一声：“师傅。”屋檐的雨，哗哗地泻了下来。耀宗坐在厅堂的一张旧凳上，又摸出一支烟，用手慢慢捏，烟丝落了下来。他觉得自己空了，和这个宅院差不多，和手上的烟差不多。他想起了刀，想起了木头，想起自己把刀深深地扎入木头像扎入自己的骨头。一张张脸在消失。雨慢慢淡了，雨星变得坚硬如砂砾，成了一粒粒的雪霰，打在瓦上，丁零当啷。雪飘飘悠悠铺了下来。那一年冬天，也是大雪。看过去，田畴灰茫茫。乌鸫在瓦屋上缩着身子，叫得凄清。山道绕上了山梁，陷着几行深深的狼脚印。雪盖过了门槛。

那是一九六六年初冬，寒风席卷了饶北河两岸。有一天，有人扒开厚厚的积雪，把一座古墓挖了。墓里葬了一个乾隆年间贡士，也是村里千百年来唯一的一个贡士。两百多年来，这贡士是村里读书人的榜样。清明、春节，有人提一个篮子，带上香纸，上坟祭奠。挖开的墓穴除了几把骨头，什么也没有，棺材板都烂了。山腰有一座宋庙。庙不大，有一座殿和两间偏房，庙门有两棵香榧树，秋天结满树的香榧子，婆娑生姿，冠盖五六亩地。过了几天，挖坟的人抱了一捆干木材，堆在庙殿烧，庙烧出滚滚大火，烧了半天，剩下四堵墙。四个烧庙的人，抡起大板斧，咚，咚咚，砍香榧树。这是村里仅有的两株香榧树，据说建庙时，栽下的。坟挖了，庙烧了，村里的人夜不安寐，不知道接下来会发生什么事情。

有人开始在家里烧书。有人烧家谱,烧《村志》,烧佛像,烧牌匾。

村名也改了,改为前进大队。

过了半个月,刘氏祠堂被拆。三百多年的刘氏祠堂,是一座木雕祠堂,被拆解下来,分给各家各户当木柴烧。

没东西可烧了。

有几户人家,舍不得摔烂家传瓷器,扔进茅厕。刘家八十二岁的太婆,有一块梳妆镜,传女不传男,传了四代,藏在一个大火盆地下,盖了木炭灰,做酱缸的架子,被她儿子翻出来,当场砸烂。修琴师傅家里没什么旧物,几本书当作发锅纸烧了。他把自己画的木雕图纸,藏了起来,把木箱藏在地窖里。

开春了。萝卜开了白花,白菜开了黄花。柳枝串挂了一层淡绿的茸芽,燕子在上面荡来荡去。雨噠唧噠唧在瓦上响。田埂上的酢浆草去年铲了,今年又茂盛起来。茅屋又倒了十三家。全氏媳妇生第三个小孩,流了一脸盆的血,难产在床,痛叫声淹没了弄堂。岭下的大樟树,被雷劈了一半。饶北河的水獭,成群出没,聚在潭边的矮灌木里,把十几斤重的鲤鱼拖上岸吃。阴阴晴晴。云散了又来来了又散。野鹅在河边孵了好几窝,小野鹅呱呱呱,撇着小翅膀在水里跑来跑去。一天中午,宅院来了几个外地人,找德贵老头谈话。外地人在村里工作有好几个月了。大家相熟。一个领头问,德贵,你家有这么多木雕啊,你看看,几百年前,上千年前的老夫子雕像都在这里,你的见识不一般啊。

德贵老头瞬间脸色发白,双脚瘫软。德贵说,我学时事天天做笔记,我还带一家人学,其他的事都不想。

一个本村年轻人抱来一把木柴,说,你家木雕太多了,不如我放一把火,把你房子烧了。

德贵老头颤颤颠颠地说:“药房被大队部征用了,烧了我房子,一家十三口去哪里安身呢?”

“把木雕头像铲了,三天后,我们再来。”领头说。

晚上,德贵老头提一个灯笼,来到修琴师傅家里。修琴师傅住在村口的竹林里。竹子是斑竹。晚上的竹林会发出呜——呜——的风吹声。斑鸠喜欢在竹梢上筑窝,过了阳春,咕咕——咕——整天叫得人心慌意乱。一个半圆形的围墙,把竹林包在屋子外面。院子里有一口水井,桔梗架高高地竖起,一盏马灯在架子的木档上发出橘黄色的光,暗暗淡淡,照着石板路。石板路冷冷清清,淌着露水。修琴师傅坐在堂屋里,一个人喝番薯渣酒,对面桌位也摆了一副碗筷。他平时不沾酒,德贵只看过他喝过一次酒。宅院完工,德贵请他们木雕班喝酒,他开怀,喝醉了。喝醉了就唱歌:“日头出山一片红,姐姐有个画眉笼。姐姐有笼没有鸟,哥哥有鸟没有笼。”德贵把灯笼挂在壁板上,失声恸哭,哀哀地说:“老哥郎,你怎么喝起酒来了。”修琴师傅说:“我知道你晚上要来,哥弟俩好好喝上一杯。”德贵又是一阵恸哭。两人什么话也没说,一直喝到天亮。天亮了,修琴师傅对德贵说:“老弟呀,人再强,强不过命,我们都认命,你回家去吧,我叫耀宗去,只要人还在,其他不算什么,去了的东西又会回来,来的东西又会去。”

早早的，耀宗到了师傅家里，给师傅挑水。耀宗独门立户将近二十年，一天不落地给师傅挑水。他见师傅躺在椅子上，盖了一床棉絮，火炉的炭火已经灭了，剩下冷冷的灰。耀宗压低了嗓子，轻声叫："师傅，你上床睡吧。"师傅没搭理他。他操起扁担，挑水去了。满了水缸，正是九担水。挑了四担，师傅叫住了耀宗："不要挑了，你拿一个敲锤一把平凿，把宅院木雕人像，铲了头去。把花床花轿梳妆台拆下来，藏到番薯窖。可以拆的木雕，都拆了，用稻草包起来，藏到你家番薯窖里。夜里拆，夜里藏。"师傅说话的时候，眼皮也没抬，侧着身，窝在棉絮里。

"我不铲。"耀宗说。

"你不铲，便全毁了。你去，现在就去。"

耀宗去了宅院。德贵老板一家老老少少坐在厅堂里。耀宗边爬楼梯边号啕大哭。他把平凿铲在雕像脸上，像铲在师傅脸上。他记得自己学徒，进这个大木门时，穿一件黑色的旧大褂，鞋子的圆头补了两块布。师傅穿一件青蓝色长袍，腰上扎一条黑布围裙，自己怯怯地跟着师傅，挑木箱。那时师傅多么年轻呀，一张大虎脸，又黑又密的胡子往两边撇，笑起来像个佛陀。

铲了半天，耀宗哭了半天。耀宗再也不哭了。他狠狠地把平凿铲进木肉里，挑出来。铲了两天，全铲完了，耀宗把自己的下嘴唇也咬烂了。他铲去一块人脸，狠狠地咬一下自己的嘴唇，满衣襟都是血。德贵老板站在天井中央，抬头望天，一双眼睛空了。

"百鹤图""幽谷兰花""梅花傲雪""祥云朝阳""碧海明月"

“千壑万泉”“阡陌纵横”等木雕，用棕皮包扎起来，藏在了自家后山地窖里。

铲完了，耀宗抱着德贵老板的双腿，说：“老叔，完了，完了也就了了。”德贵老板一语不发，老泪纵横，面色焦黄。他颤抖抖地伸出手，摸着耀宗的手，看着耀宗，欲言又止。

晚上，耀宗去了师傅家。师傅躺在躺椅上，问耀宗：“做一个木雕师，最重要的事是什么？”耀宗端坐在师傅跟前，摇摇头。师傅老了，身体有些干瘪，内陷，像一块剥了豆肉的豆荚。

“也难怪你，你还年轻，好多东西你还不懂。”师傅说，“人人都说木雕不过是手面功夫，精学精做，心细手巧。其实不是。手面功夫是匠，不是师。师通达天地。要想成为一个大师傅，必须用心去做。心是什么？是你对这个世界的理解，是你对这个世界的爱。一个暴虐的人，一个无视的人，做不了木雕师。过了天命之年，我理解了这个道理。”

耀宗低着头听。

“你改行去做木匠吧。木雕这个行当，到头了。”修琴师傅转了转身，眼角淌下浑浊的泪。他又说：“耀宗，我时日无多。我没什么留下给你，这个木箱留给你吧。”

“你没病没痛，身子好好的。”耀宗流下泪水。这是他第一次听师傅说这么悲观的话。

“我知道自己大限来了。别人说我雕宅院，雕出了饶北河百年来最好的恢宏木雕，会代代流传。他们不知道，不是我完成了宅院，是宅院完成了我。”师傅拉住耀宗的手说。耀宗再也控制不住,哽咽失声。

过了三天,修琴师傅走了。临走前的一天,他用敲锤,把自己右手关节,全部敲碎。

霜降而来的消失

霜,不是降下来的,降下来的是衰老的时间。时间在催化,在鬓发上,在草叶上,在浆果里,霜是一个隐喻,是凝与散,是相逢与告别,是万物的起始句和结束语。是古老的民谣——“白月光,露结霜”。

促织唧唧唧唧地低吟,一声比一声微弱和悲凉,似乎大地有重大的事情即将发生。秋雁嘎嘎嘎地在夜空裂帛似的叫,叫得让人无法入睡。秋雁怎么就来了呢?像一封无法投递的家书,带着远在异乡的亲人的渺渺音讯。打开窗户,月光奔涌进来。窗外的平畴一片白茫茫。远处黧黑的山峦罩了一件白衫。白是一种冷白,凝结的白,匀称地铺在屋顶上,铺在收割后的稻田上,铺在墙头上。月光浮在一层白上。白,是一种没有过去也没有将来的颜色,是从植物茎脉里抽出来的汽,是尚未满盈之月分泌的汁,远远看去,白在平缓地流淌,漫过山梁,漫过屋顶,漫过河堤，漫过田埂。流淌声交织着夜蝉的鸣叫，夜鹰咯咯咯啄壳的磕碰声，使冷夜陷入无边寂静。提着红灯笼的人在巷子里低头走路，脚步声悠远回荡，跫然。红灯笼轻轻地摇晃，竹笼里的烛火一团一团地跳动。荞麦花在门前的矮坡地，一浪一浪地开了，积雪一样压坠枝头。提灯笼的人，摸摸自己的头发，凉凉的，湿湿的，满眼的白让他惊诧，自言自语："寒露还没过几天，不知不觉霜降了。霜降了，要摘油茶了，要腌柿子了。腌了柿子，冬雪也来了。"

清早，廊檐下晾晒的衣服，被霜冻成了硬硬的布片。平畴上的霜迹还残留着昨夜野兽的斑斑脚印，偶蹄形的，奇蹄形的，梅花形的，单爪形的。秋雁去了哪儿呢？已不见踪影，饶北河多了一群长脚白鹭，在洋槐树上叫得让人心慌，呱呱呱呱，仿佛它们是一群孤儿，仿佛这个客居之地永远不会成为它们的故乡。它们将在河畔度过严冬，觅食，求偶，孵育。它们一群群，沿着河面斜斜地飞，飞过湾口，飞过树梢，飞过甘蔗地，随夕阳一起坠落。霜迹在埠头，门前的青石板台阶上有了人的脚印。妇人在埠头淘米，用筲箕在水里洗去米灰，把米扒进柴锅的沸水里，捞米煮粥。男人用木桶挑水，储满一个大水缸。霜降这天，与往日淘的米有了区别。淘了粳米，又淘糯米。糯米用来焖三黄鸡板栗糯米饭。这是最滋养的饭食。家鸡有白毛鸡、麻鸡、乌骨鸡、花鸡、三黄鸡。三黄鸡体型小，特别会跑会飞，脚小而短，跑起来，脚往两边撇，胖胖的身子滚球一样，在稻田里，在菜地里，在茅草山里，到处找谷物找虫子吃。三黄鸡羽毛黄、爪黄、喙黄，汤汁也浮油漂黄。秋鸡肥,板栗也刚下树剥开,和糯米一起,在铁锅里慢慢焖。深秋初冬,一年的农事,将只剩下两件重体力活——摘油茶和挖番薯。没有体力,油茶籽和番薯都进不了家。吃了糯米饭,挑一担箩筐上山摘油茶籽。

油茶花前些日子已经开满了山坞,白如霜,红如焰。这是一种迎霜花,花苞被青蓝色的花衣紧紧地包裹着,像个豆蔻少女。寒露过后,早晨的雾霭便笼罩了山冈,太阳白晕晕的,长出绒毛,露水日重,白茅倒伏。油茶花一瓣一瓣地开,也一瓣一瓣地焦枯萎谢。霜来了,花蕊绽放了出来,野山蜂钻进了花粉团里,嗡嗡嗡。我们能听到野山蜂的颤抖之声,薄薄的羽翼携带着全身的震动。山楂完全熟透了,红皮黄肉,嚼一口,浆水喷射。油茶树上挂满了油茶籽。只有到了霜降这一天,油茶籽的含油量最高。这一天,也叫"开山门"。

进了山坳,雾霭散尽,山梁上的枫树和昨日不一样了。枫树叶慢慢转黄,金色透明。乌桕也是这样。太阳斜射下来,整个山冈都变了模样。溪涧边的芦苇枯黄下去,哀哀的,芦苇花飞絮一样飘飞,起起伏伏,若有若无,像一群白蝴蝶在翩翩而舞。芦苇抽穗的时候,我们还觉得,长长的暗紫色的穗,在秋风里自由地摆动,一副无忧无虑的少年样子,没想到,初霜来临,穗扬起了白花,丝丝缕缕,随风而去,留下空空的芦头。野柿子涨红了圆圆的脸,那么肿胀,似乎随时会胀裂。山崖上的野菊,却是第一天开了小果盘一样的花,仿佛它的绽放在诉说昨夜的冷霜。山峦层林尽染,霜色不再是白的,而是浸透了植物,成了山毛榉的麻褐色，鹅掌楸的赤金色，银杏的素黄色，皂角的烟褐色，枫杨树的烈焰色。海棠和野石榴，还来不及变色，已落叶纷纷。而冬青更墨绿，青松更葱茏。毛竹在这一天，停止了生长，不再发育。

在随处可见的山垄里，毛竹绕着山坞长，青青翠翠，蓬蓬勃勃，风吹来，呜啦啦作响。做灯笼的篾匠梅七，选择这天上山砍毛竹。从这一天开始，毛竹变轻变实，肉瓤木质，皮青有一层霜灰。毛竹用柳条扎成捆，泡在溪涧里，泡个三五天，晾晒半个月，竹青发白，破开，拉成篾丝，编织灯笼。挂在门前的灯笼，提在手上的灯笼，板桥上的灯笼，全靠梅七的一双手。他坐在自家的院子里，篾丝团成一圈圈，日日编织。他从十四岁开始学做灯笼，做了多少灯笼，他也记不得了。上门接亲，放着炮仗，吹着唢呐，媒人手上晃着灯笼；除夕元宵，屋檐下红彤彤的灯笼，让一个远游的人，看着天上的红月亮，泪流满面，无怪乎欧阳修写《生查子·元夕》："去年元夜时，花市灯如昼。月上柳梢头，人约黄昏后。今年元夜时，月与灯依旧。不见去年人，泪满春衫袖。"一条长板凳两盏灯，长板凳连着长板凳，几百人接成长龙，在晒谷场上，舞龙，灯笼在黑魆魆的夜里，形成灯海，在一个人的心里沉淀，成为亘古的记忆，如卢照邻所言："锦里开芳宴，兰缸艳早年。缛彩遥分地，繁光远缀天。接汉疑星落，依楼似月悬。别有千金笑，来映九枝前。"走夜路的人，提一个灯笼，风吹雨打，竹笼里的灯映出一团火。

灯笼，故园的别称。故园的火苗围拢在一个篾匠的手心里。糊灯笼的红纸褪去了颜色，变白，又糊一层红纸，篾丝却不腐烂。

灯笼糊了多少层纸,人的头发也变成了白色呢。梅七是不知道的。若是知道,他也不会头发变白。

已经很多年,梅七不做灯笼了。做好的灯笼也没人买。接亲的媒人背一个烟袋,不要走路了,坐小车了。以前接亲的人,再远,也是走路,或坐牛车,现在再近,也坐车,有车队接。灯笼没地方放。巷子里,家家户户有路灯,灯笼也不需要挂了,谁会浪费那个钱呢?板桥灯也不抬了。抬灯比耕田累人,谁也不愿出力气。灯笼就这样消失了。

还有一种比煤油灯还小的“灯笼”,挂在高高的树上。满树的“灯笼”,我们在五里路之外,便看见了。树下有一位母亲,穿着灰蓝色衣裳,坐在竹椅子上纳鞋底或缝衣边。近近地看,那不是灯笼是柿子,远远地看,哦,不是柿子是灯笼。霜让柿子青涩的浆汁变甜,变浓,甘洌,也让柿子青色的肉皮红出火光。腌柿子的师傅来了,扎一条藏青的围裙,揣一把刹刀,进村。他手中的拨浪鼓,咚咚咚,摇起来,吆喝道:“打霜了,腌柿了。头白了,磨刀了。霜腌了,不烂了。没牙了,吃柿了。”一群孩子跟在他后面,也吆喝:“打霜了,腌柿了……”柿子被一杆长竹杈从树丫上拧下来,一米箩一米箩地装在厅堂里。腌柿子的师傅坐在板凳上,用刹刀一圈圈地把皮削下来。他一边削皮,一边说,霜真是个好东西,没有霜,柿子一直麻涩,霜让酸涩的东西变甜变醇,真想不出世上还有比霜更好的东西。在所有的手艺人中,腌柿师傅是唯一在霜降这天出门觅活的。腌一天柿子,师傅收五升米。腌了的柿子用圆簸箩晒在瓦屋顶上,一棵树的柿子,晒十几个圆簸箩，遮了半边的屋顶。黑瓦红柿，乌鸫来了，果鸽来了，低地莺来了，吃鲜红肉瓤。晒了三五个日头，肉瓤萎缩，慢慢渗出霜白。出了霜白的柿子，甘甜，口感绵实，可以藏一个冬天。

师傅一般在晚上腌柿子，刀在掌心一圈圈地削，第二天晒。腌柿师傅十年前就不来村里了。已无人腌柿子了。柿子挂在树上腐烂，喂鸟。柿子价低，卖柿子的钱不如工钱多。村里有十几棵柿子树，零零散散地分在屋前屋后，地头地角。柿子像红灯笼一样挂着。

霜降了，夜晚拉长了饶北河的流水声，天又黑又冷。这个时候，村里会来一个陌生人。他穿一件驼色短袖的夹袄，解放鞋的鞋帮沾满了干燥的泥浆，背一个帆布袋。帆布袋里放一个罗盘、一个油布纸包、一根旱烟管，油布包里是金黄色的烟丝。他长长的旱烟管，包了一个铜头。他用铜头打欺人的狗。他是一个地仙。他在村里，走来走去。每一个山冈，他都要走一圈，爬上去，放眼四望。他熟悉饶北河流域的每一个山冈，每一条河汊，他熟悉大地的骨骼和筋脉。“人在霜降之后死，有福分。”地仙说。他看泥土的成色，看山冈的形状，看泉眼的深浅大小，看溪流的流向，看太阳东出和西落的方位。“霜降了，土层干燥了，才知道哪里适合葬人。”他的罗盘像他拼接起来的脸。“人死，怎么能选得了时间呢？选一块葬人的地，可以提前选。”在村里谁叫他留宿，他也不推辞，他说：“人选一地，鸟选一枝。”地仙是村里老人最欢迎的人，请地仙吃饭，好酒好菜伺候着，想请他选一块好地。而地仙无论喝得多醉，也不说好地在哪儿。也有人根本不信地仙，说，农忙结束了，地仙又来蹭吃了，有龙凤地，他早留给自己葬了，还会把子子孙孙的葬地也留着。二〇〇〇年，镇里实行殡葬改革，选了一块向阳的坡地，修了陵园，做统一安葬地。地仙再也不来了。

土层干燥，芝麻落壳了，豆荚噼噼啪啪爆裂。天气越干燥，早上的霜花越绽放。饶北河边的柳树、白茅、稻草人、斑竹、豆架，霜花一层叠一层。我们以“昙花一现”形容时间的短暂。昙花是月下美人，从开至谢，四个小时。或许比昙花谢落更快的，是霜花了。霜花也是最寂寞的花，无蜂无蝶，开放的是花瓣，谢落的是冰水，晨雾还没散尽，便已无踪。热爱霜花的人，必是了悟人生的人。霜降之时，人暮之秋，一切都消逝得那么快，让人不忍说出草木又凋零。而唯一漫长无尽的，便是霜冻，和随之而来的严寒。虫蛰蛰伏在地洞里，蛇不再爬行，梧桐一夜落尽树叶。黄连木涌出了全身的血浆。山寺里的晚钟时远时近时有时无。白菜萝卜的秧苗铺上了稻草，橘树桃树开始修枝剪叶。番薯藏进了地窖。屋顶上晒出了豆瓣酱，用一个土缸，蒙一张纱布，日晒太阳夜浸霜。冬白菜也泡进了土瓮里，萝卜辣椒刀豆也压在盐水里，预备了丰足的冬藏。

霜降了，棉花全白了。弹棉花的老洲师傅一日也没得空闲。他背一弯长弦弹弓，腋下夹一张檀木磨盘，手握一个弹花槌，脖子上套一条牵纱篾，穿一双软底棉布鞋出门了。他是村里两个弹棉匠之一，另一个是他儿子。他不带徒弟，他的手艺世代祖传。他的额头有一个麻雀蛋大的肉瘤，说话的时候，忍不住要快速眨眼睛。咚咚咚，弦声可以穿过两条巷子。我们喜欢看他弹棉絮。棉花如鸡毛一样，飞起来。一天弹八斤皮棉，他便收工。第二天，压棉，用磨盘一圈一圈压，一层一层压，压出一条棉絮的形状，再拉经纬线，一条红线一条白线，交叉织出一块田野的阡陌。他脱下鞋子，站在磨盘上溜，腰水蛇一样摆动，磨盘溜来溜去，棉絮变薄变实。他儿子叫毛三，二十多岁，在家里绦棕床。霜后的棕树，可以割棕皮，一片片割下来，不用晒，也是干燥的。毛三坐在一条长板凳上，握紧一片棕皮，往向上倒起来的耙钉上，拉扯。耙钉有九个，排成一排半拱形。棕皮被扯烂，一丝丝落在地上。把棕丝团起来，用一块大石头压住，开始捻线。捻线的，有一个木轮，左手快速转动木轮，右手捻棕丝，棕丝捻成线。两根棕线头绑在一个葫芦形的木槌上，又快速转动，捻成棕索。棕索一根根地固定在一个床体一样的木框上，编织。编织六天，便有了一张棕床。棕床有弹性，干燥、透气，不伤腰。毛三还会绦蓑衣。绦蓑衣一般是在上半年。棕树一年长十二片棕皮，在端午后和霜降后分别割两次棕皮，一次割六片，十六片约一斤，一斤六毛钱。扯了棕皮，捻了线，拉了棕索，便缝制蓑衣领口。一个领口十六片棕皮，用棕索钉实，在一张大木桌上，用一个蓝边碗固定领口的形状，摊开棕叶，摆出衣服的形状，开始缝制。棕叶作线，横缝成行，缝八十行，便成了蓑衣。蓑衣也叫棕衣。雨天穿上蓑衣戴一顶斗笠，插秧种地，淋不湿浇不透。

弹棉花绦蓑衣，不分家，同一个祖师爷。这是老洲师傅说的。他不厌其烦地哼着“檀木榔头，杉木梢；金鸡叫，雪花飘”。

"我们的祖师爷是黄帝,没有哪个行业的祖师爷,比我的祖师爷位高了。"他每次说,都显得十分自豪,似乎他也高人一等了。他爱弹棉花,溜起磨盘,眉开眼笑。可惜他五十多岁得了肺结核病,再也弹不动了。毛三成了村里唯一的师傅。毛三的儿子有四个,没一个学弹棉花,一个贴地板砖,一个做汽修,一个开农用车,一个在小学教书。弹棉花的生意很清淡,蓑衣已经没人穿了,虽然一件蓑衣可以穿十几年,但笨重,不如一件塑料衣披在身上舒服。棉絮也是机器压的,把棉花送到压棉絮的人手上,早上送去晚上抱棉絮回家,只要六十块钱。

棉花还是种的,平畴里,棉桃吐出雪白的花。霜降之后,棉桃全开了,棉叶纷纷掉落,妇人扎一条围裙去采棉。棉花塞进围裙兜里,围裙兜要不了一会儿便鼓了起来,再倒进扁篓里,扁篓满了,背回家,晒几个日头,收仓了。

蒙霜的大地,素净白练。河水彻底枯瘦,天空过于吝啬雨水。浆果不得不坠落,果蒂霉变,果肉腐烂,果核陷入土里。霜清洗了万物,该凋谢的凋谢,该腐烂的腐烂,该埋葬的埋葬。而留下的生命,霜给予了水的滋养,葱茏多汁,甜美温婉。虫蛾以死亡迎接了霜,死在稻田上,死在茅草上,被风高高吹起,不知所终。霜降有三候:"一候豺乃祭兽;二候草木黄落;三候蜇虫咸俯。"豺狼早绝迹了,打猎的人也没了。祭兽的庙还在。庙在村口的一棵桑树下,有一个半圆形的拱门。晌午,庙里的油灯莹莹发绿发黄。桑树叶一片一片飘下来,像天空的灰烬。油灯前的方桌摆上了祭品。祭品是谷烧酒和四个菜、四个瓜果。祭的神

罗克中作

是太阳神，门口挂了一副红对联：“闲品山茶迎日起，静凭阁槛看人忙。”年少时，我害怕庙里的荧荧油灯，油灯亮起来，会加深庙的黑暗，而神会在油灯里现身，我不敢想象神的样子，想象神有怎样的面孔。有一次祭神，不知道哪里来的一条野狗，突然窜进来，叼起桌上的猪蹄吃起来，吃得狼吞虎咽。结果可想而知。祭神的人，抡起门闩，狠狠砸狗脑壳，三五下，狗瘫在神像下，牙齿咬着猪蹄，嘴角淌着长长的血丝，血丝很快变成了乌黑色，绿头苍蝇呜呜地飞来。我再也不去太阳庙看祭神了。祭祀的人，与他的心灵无关。

天很快阴了下来，太阳随飞鸟消失在山梁另一侧。我们早早吃过晚饭，去晒谷场。一年中，第二次社戏，在这里上演。第一次在芒种，第二次在霜降。演社戏的人，是本村的串堂班，有十几个人，男男女女，拉二胡的，吹唢呐的，吹笛子的，打钹的，演戏的。晒谷场摆了二十几张八仙桌，大人坐在桌旁嗑瓜子吃麻子粿，小孩子穿来穿去胡闹。也有喝酒的。酒自家带来，还带了椒盐花生米和酱豆干。年轻的男女，站在晒谷场的边角上，看不了一会儿，人不见了，去了哪儿呢？谁也不知道。社戏的曲目，年年没什么变化，都是《郭子仪上寿》《穆桂英挂帅》《玉堂春》《碧桃花》《八仙飘海》等戏的选段。戏唱完了，人散了，月已中天，乌鹊绕树三匝。刘长卿写的“霜降鸿声切，秋深客思迷。无劳白衣酒，陶令自相携”也就是这个意思吧。月亮沉在水缸里似的，扁圆，辉亮。瓦蓝的天空在荡漾，秋雁再一次飞过平畴。“人”字形的队列，嘎嘎嘎，叫得大地一阵阵荒凉。月光是没有尘埃的光，它不奔放热烈，照在额头上，多了阴寒和落寞。手摸摸额头，湿湿的，露水圆圆，从发梢落下来。

社戏已经二十多年不演了。演社戏的人，已大多不在。而霜却一年一年在降。

露水白白发亮，月光溶解在露水里，剔透晶莹，裂冰似的闪射。南方的深秋之夜，霜是不可承受之轻之物。水赋物以生命。水也有生命。水的生命，以各种形式存在，如霜雪如雾露，如雨霄如冰霰。霜是水最冷的一种生命形式。水分从空气中析出，高于冰点，凝结为露，低于冰点，凝华为霜。霜覆盖大地表面，那么沉重。李贺说："夜来霜压栈，骏骨折西风。"最后，霜还会覆盖我们的双鬓。

霜还会从湿土里长出来，像一根根银针，拱出一个个虫洞一样的噬孔。我们称之芽霜。芽霜是最后融化的霜。太阳出来，雾气散去，大地之上，纯白的颜色慢慢褪去，枯黄色裸露出来，麻黑色裸露出来，墨绿色裸露出来——一切的本色又一次交还给大地，霜变成了一颗颗露珠。每一颗露珠，都映照出一道彩虹，与彩虹相互映衬。露珠吧嗒跌落。屋顶，是白色屋顶，看起来像一块块的斜坡。屋顶毗连屋顶，像一块不规则的白格子布，白色消失，又成了黑格子布。我们坐在屋檐下喝粥，埠头前的水池，被一块厚冰冻住。冰下，小鱼在游来游去。冰慢慢塌裂，漂走。

彩虹是光的幻象。而霜是轻薄伤逝之物，也是沉重寒骨之物。我们以"风霜"喻人生多艰。霜是水滴的晶体，也是阴寒的晶体。霜降，是季节的一个节点，也是生命的一个节点。霜白叶红，或许说的就是一个人的中年吧。而霜，以消失的方式存在。

山　寺

“以前，在八步岭的山坳口，有一棵千年老枫树，在农业学大寨时期，被砍了。钱墩村盖大队部，整栋楼的楼板，都是从这棵枫树上解下来的。”忠仁站在八步岭的台阶上，望着飞泻的流瀑，对我说。“或许，因了这棵枫树，才有了枫林村的村名。”我说，“砍这棵树的人，不会有善终。树年久了，有佛性。”忠仁六十来岁，退休在家。他每天从村里，散步到太平山，一个来回，两个小时。他说，砍树的人，是弄里的瘌痢，子孙没留一个。

八步岭翻过去，转一个山弯，便是太平山。我还是十五岁之前，来过，转眼已三十余年。“你见过太平圣寺吗？你应该见过的。”忠仁问我。我说，以前砍柴，常去寺庙里一间低矮的土夯房休息，井水很甜。

太平圣寺是村里唯一的寺庙。小时候，家门口埠头上，有一块青石洗衣板，刻有寺庙碑记。碑记竖排，六行，魏碑体，字迹有些模糊。碑记记载，寺庙建于宋代太平兴国四年(979)，天大旱，饶北河流域村民无以度饥荒，建庙祈福。寺庙历经千年，几度兴废，最后只剩下几堵颓圮的墙。

灵山以北，纵目而去，群山如雨后的竹笋，破地拔起。山与山，形成纵深绵长的峡谷。溪流涓涓，在最低的河床汇聚，有了饶北河。村后的峡谷，逼仄弯曲，像一条菟丝子。入峡谷五里处，有个小盆地，四季野花不败，灌木和乔木沿山脊披散纷绿。小盆地，叫太平山。是小盆地因寺庙而得名，还是寺庙因小盆地而得名，不得而知。太平山往西，是另一条峡谷，叫驮岭，多杉木松木，多粗壮灌木。村里人偷砍木料砍柴火，便去驮岭。我少年时期，和年长几岁的邻居去驮岭砍灌木，七八厘米粗的木条，我只能扛三两根。木条扛到太平山，已正午时分，我便会在寺庙井边歇脚。井泉甘洌。我们趴下身子，嘴唇贴水，呼呼呼地吸气，把泉水吸进口腔里。井泉凉爽，丝丝甜滑，喝了全身通畅。四月，一种多年生木本植物，在疏疏的芽叶之间，结红彤彤的果子。果子由颗粒状的肉瓤组成一个圆帽状，有细细的淡黄淡白色绒毛。果子初结时是青色，暖阳一日比一日和煦，青色一天天地转橘黄，芽叶完全青翠，枝刺坚硬，映山红开遍了山崖，橘黄色也变得红彤彤了，缀在我们眼帘。山野鲜亮。我们叫它萢萢，放下柴担，一颗颗摘起来吃，吃到腹部肿胀。我们每一个人，都带一个玻璃罐，摘满一罐子，带回家，在萢萢上面撒一层白糖，储存三五天，萢萢会融化，水汪汪的，妍妍的红。有一年，我去参观德兴市覆盆子药植园，我才知道，萢萢就是覆盆子，也叫悬钩子，是一味促进前列腺分泌荷尔蒙的中药。我一直觉得,萢萢和桑葚、杨梅一样,是非常神奇的植物果实。它们花期短,结果快,保存期短,三月开花,四月成果。成果期,浆色因糖分比例而变化——多么像人的一生,我们的肉胎,被时间轻而易举地催化。太平圣寺坐落在山坳。说是寺,倒不如说是荒园:一栋矮小瓦屋,断裂的土夯墙,春日开出紫白色花朵的泡桐,一蓬蓬垂挂在墙垣上的蔷薇,荒草间破烂的瓦片,埋了半截的石柱墩,汩汩冒泡的井泉。

寺庙无人居住。每逢初一十五,会有几个村人来上香,清扫瓦屋院子。瓦屋里,只有一张香桌,也无佛像,只有写在门楣木板上的浓墨大字"太平圣寺",还是宋代遗留下来的。

在一九三三年之前,太平圣寺是饶北河流域最大的庙宇,地产山产千余亩,屋舍遍布山坳。祖辈人,见过完整寺庙。我祖父,一个孤姓家族富裕家庭的独子,在他青年时期,每年用大木桶挑灯油供给寺庙。寺庙有三十多个僧人,住持是一个老僧,来自山西五台山。太平山的黄土旱地,种了豆子、小麦、油菜。僧人并不需要外出化缘,寅时起床,下地种粮,做功课。初一十五,住持会给村民开坛讲佛课。信佛的村民早早吃了午饭,到太平山,帮寺庙干小半天的农活,坐在蒲团上,听老僧开讲。民国初期,饶北河流域战乱纷起,多有流民来寺庙乞食,也多病灾。庙僧把粥挑到八步岭,给流民施粥施馒头。八步岭是一条石条铺起来的盘山道,有两百来米长,岭下是一块平地。粮荒时期,八步岭的台阶上,坐满了流民。寺庙每天煮八木桶稀粥,蒸两箩筐馒头,分给流民吃,以度粮荒。住持善医药,村民有什么病痛,都去庙里求医，也不用花费钱，医治好了，便在寺庙帮工一两天，算是还了心愿。

一九三三年秋，太平山来了一些落败而逃的土匪。土匪有十余人，在寺庙住了一夜。第二天早晨，寺庙被人纵火，大火烧了三天两夜，屋舍全毁。住持也被活活烧死。土匪从葛路败逃回来。葛路是灵山北部高山小村，常有土匪出没。一日，被山下的村民武装袭击，死伤过半，剩余人员翻过刘家坞，从姜村抄陈坑的山道，来到太平山。当夜，寺庙烧了吃食，安排了床铺，僧人散去了。土匪并没有统一着装，但都打着灰白色绑腿，有的人拿大砍刀，有的人端土铳，有的人握钢叉，穿的衣服也都破烂肮脏，穿的鞋子也都是棕布鞋。吃完了饭，土匪领头用横峰话对住持说："我们的土匪需要物资，能不能把寺庙的银圆借给我们。"老僧说，寺庙哪来银圆呢，又不是当铺，维持吃食，已万分艰难。土匪领头说："我们没有银圆不行，今天，你借也得借，不借也得借。"老僧说："谷子有两担，你挑去吧，算是接济，也不要你们还。"土匪领头说："太平圣寺是千年古刹，比石人殿有钱，石人殿还给了我们一箩筐银圆。"老僧"哦"了一声，说："石人殿是被你们掠空的，知道了。"老僧再也不说一句话。领头的人逼迫了半夜，老僧也不说一句话。老僧坐在大殿里，一直到天亮。

凌晨，熊熊的大火从大殿里的木雕佛像开始烧，浇上灯油，呼呼呼，众僧跪在殿外的院子里，仰天而泣。三天后，寺庙只剩下一堆烧焦的烂木头，和残碎的瓦片。老僧的骨灰被一件袈裟包起来，被众僧带走了，至于去哪儿，无人知道。

一九五〇年冬，村里实行“土改”，山田再次登记造册，太平山被分给四十五户人家种粮种菜。一九五五年春，村里所有山田归入人民公社，太平山归属中蓬生产队、弄里生产队、周家生产队所有。一九八一年冬，太平山林木被毁于刀斧，分给各家各户。一九八二年，山田实行承包责任制，太平山分给这三个村民小组的几十户人家。一九八四年春，中蓬、弄里、周家，十几个老人肩挑背驮，在井边，夯土修房，建了一座小瓦屋，以作寺庙。在太平山做农活的人，在瓦屋里歇气；挑担的人，在瓦屋里歇脚。一九八六年之后，我再也没去过太平山了。

每次回家看望父母，我都会去峡谷走走，到三里之远的水库后便不再走了。水库侧边的山腰，有一个半圆形的陡坡，十分陡峭，我不愿走。过陡坡下岭，到了八步岭。山上有荒草、山蕨、油茶。山垄两侧有不多的冷浆田。冷浆田种出来的稻谷，碾出来的米，更糯，吃起来更香。冷浆田只能种一季，八月，金色的稻谷在山垄里，像一块织锦。春冬两季，则种小麦。十余年前，山垄田无人耕种，芭茅和野刺油油地茂盛。——很少人进山，野猪繁殖快，成群出没，游荡，把地一遍遍地拱，种下去的农作物都被糟蹋了。春天，太平山开满了野花，野百合、蔷薇、菖蒲，在溪涧边，一遍遍地怒放。

太平山是黄泥地，适合种黄豆、小麦、辣椒、豇豆、番茄。山坡适合种茶叶和桃梨杏橘柚。我们去砍柴，饿了，去摘番茄吃，也去摘柚子吃。种地的人，早上挑一担肥进山，在扁担上挂一个铝盒。铝盒里是中午的饭餐。太阳落山了，他们扛着农具回家。

我们这些毛头小孩，挑不动柴火，大人帮我们挑一程。种地的人，每天都有，三五个。也有妇人进山，提一个篮子，摘辣椒摘番茄。村里有一个妇人，老公在太平山上种了好几块地的辣椒，辣椒怎么也吃不完，也摘不完，每天都要进山摘一大竹篮回家。妇人进山，菜篮子里叠一块毛巾。一次，妇人坐在八步岭台阶上歇脚，山风太大，把她篮子吹跑了，滚下岭底。岭下一个采摘山胡椒的人，帮她捡篮子、捡毛巾的时候，三个蒸熟的鸡蛋掉在地上，打烂了。采山胡椒的人，是裁缝老四，是个有心眼的人，便想，进山摘辣椒，带三个熟鸡蛋干什么呢？裁缝老四也不作声，便远远跟着妇人。到了临近中午，妇人进了寺庙，把前门闩上。隔了一碗茶的时间，修钟表的拐子从后门进去了。裁缝老四挨在门边，听到屋里男女酣畅之声。他用木棍，把前门后门都闩死。老四在井边抽烟，听到女人说："门怎么开不开呢？"男人说："你爬窗户出去，我托你上去。"女人说："哪有女的爬窗户的？"男人说："谁叫我是个拐子呢？脚使不上力。"裁缝老四捏着鼻子，挨着门缝，说："你把手表给我，我给你开门。"

二〇〇八年正月初一，进山的人，一路接一路。我家里的人，也进了山，提着香纸炮仗。我不明就里，问："这么多人进山干什么？"母亲说，太平山修庙，大家去拜佛。我说："谁修的庙呀，有和尚吗？"母亲说："庙不一定要有和尚，有佛庙就灵。"

这些年，元宵之前，每天都有几百人进山，拜太平山寺庙。我一次也没去。

太平圣寺再度兴起，与一个叫虞的女人有关。这个女人姓徐,还是姓胡,我记不清了。我也不认识。村里人叫她虞居士。虞居士出生于小镇,长于小镇,在县城工作,退休后,来到枫林,说要修庙。老人们常挤挨在路边,咬耳朵,说:“修庙了,好,千百年大事,有人来修善心了,佛保佑。”五十来岁的盐酸,稻种粮收之余没啥事,便会挑一担竹箕扛一把锄头,每天早上,站在小巷口,张开沙音喇叭一样的喉咙,喊一声:“修庙去呢,今天没有雨。”小巷里,有七八个老人,也挑着竹箕扛铁锹,在巷子口,等伴。每次去修庙,都有二十余号人。去修庙,出于自愿,没有工钱,在庙里吃一餐斋饭。其实不是修庙,是修路。八步岭灌木丛生,杂草比人高,人进太平山要扒开木林,才能进去。他们清理杂木割草,挑黄土、铺石块,干了一年多,有了石板路。太平山荒杂,十几年没耕种,芭茅比大拇指粗壮,砍下来可以做豆角叉搭苦瓜架。他们开始烧荒,挖地。他们把地垦出一条条地垄,种桃树,种柚子树,种樟树,种桂花,种樱桃,连片地种。树苗是苗木种植公司捐的,大货车直接拉到村口。也有年轻人去修路种树的,在外面打工几年,挣不了钱,觉得自己运气不好,修路修庙,会有菩萨保佑,再出门可以多赚钱讨媳妇。也有病号家属去做义务工的,病号看病几年,没起色,病一直拖着,生不生死不死,家属便说,医院看不好,是自己没有菩萨保佑。

也有为修庙的事,夫妻打架的。老婆天天义务去寺庙做饭,老公的中午饭只有喝早上剩下的冷粥,喝了三五个月后便吵起来了,说,自己累得牛一样,饭还没得吃,老公还不如一块泥菩萨。老婆第二天还是去寺庙做饭,老公扯着她的头发,用裤带打脸。打了脸，老婆还是要去寺庙做饭。

邻居大婶，初一十五，早早提一篮子香纸，进山。她三两天进山一次，为寺庙干活——拔草，挖地，清扫。她老公见她进山，便去麻将店打麻将。婶婶见他每次输钱，便说："打麻将，可以当饭吃吗？"她老公便反驳："去庙里求菩萨，那你去求求，我不做事，家里有饭吃吗？"婶婶说，进庙求心安，不求钱财。她老公说："媳妇天天恶言恶语，诅咒我们早死，你去求求菩萨，叫媳妇不要骂人，能求到吗？"婶婶说："媳妇天天咒我们死，我们不死，就是菩萨保佑的。"我们听了他们夫妻吵架，一哄而笑。我的一个远房亲戚，也是邻居，她也初一十五进山。她说，只要走得动，都得拜拜庙，子女没赚到钱，求菩萨，保佑子女赚几个钱；子女赚到钱的，求菩萨，保佑子女多赚钱，多赚钱多买香纸。母亲说她："姊姊，土都埋到你喉咙了，吃菜的油都舍不得多放一滴，子女一尺布都舍不得给你，你还进山干什么。"

邻村叫洲村，有一个四十来岁的男人，叫黄毛七，老婆得直肠癌死了，有三年多，他天天想着老婆的好，有一天，他收拾了衣物，住进了庙里。盐酸问他："修庙也不用住庙啊，庙里没人，野兽多。你小孩还得你多照顾呢。"黄毛七说："老婆托梦说，死得惨啊，饿了半年多，米粒不进，都是因为没有把太平山的庙料理好，她现在还天天饿得慌，她叫我修三年的庙，她就不饿了。"

修了三年果园。桃树开始结桃了。盐酸和老人把水果摘下来，包装在纸壳箱里，挑到马路边，装上车，卖到市区水果批发市场。盐酸说，修庙要很多钱，卖水果，寺庙可以积攒一些钱。盐酸他们讨论，寺庙会供什么菩萨呢？文殊还是观音，还是大肚和尚。他们也不知道还有别的什么菩萨。

太平山的小瓦房前，竖了一块铁皮规划图，彩色的——黑瓦红柱的巍峨古建筑群，阔大的院落，繁茂的果园，参天的树林，高大的围墙，僧侣众多，香火袅绕，香客络绎。

镇里几个有钱人，在寺庙边的另一个山坳，开始修建别墅式的楼房。村里开始有人非议，说，寺庙边建房子，像什么话呀，还是外村人来建，不是依势抢夺吗？虞居士常年不在寺庙，背一个黄色的布袋，在全国各地化缘，有时还去国外化缘，去新加坡，去马来西亚，去美国。虞居士能说会道，很有人缘。至于化缘化了多少钱，谁也不知道。有人说，虞居士去了一次台湾，化了八十多万。还有人说，虞居士去了一次新加坡，化了六十多万。当然，这些话，都是道听途说的，谁都不相信，但谁都说。

山地大部分是村民捐给寺庙用的。虞居士说，捐地修庙，是菩萨心，菩萨会知道，会保佑，太平圣寺要逐步恢复千年庙宇的盛况，香火鼎盛，全靠乡友支持，这样吧，地就不用捐了，寺庙租用，一亩地一年租金十块钱，租用五十年，这是菩萨心意，乡友一定要领啊。太平山四周十几个山冈山坳，三五个晚上，全租给了虞居士。村主任几次对我说起这个事，气得脸发涨，口水喷射。他说，村委几年前想把这片山地流转过来，种杨梅种茶叶，发展果园经济，做乡村旅游，流转工作做了一年多，挨家挨户谈，只有烂八、食虫、冬瓜妈三户同意，其他村民死活不肯外租，宁愿荒着长茅草也不肯出租，这个虞居士厉害，三言两语，这些村民拱手让地，土地租用费还没付。

前几天，我回家看望父母。我一个人在溪涧边溜达，看别人养蜂，看别人打谷秧。忠仁手上捏一个核桃，咕咕作响。他头发斑白，穿一双大头皮鞋。他见我无所事事，便说，去太平山走走吧。我说，多少年没去了，坡太陡，不愿走。他抬起手腕，眯起眼睛，看看表，说，慢慢荡，个把小时就到了。

到了太平山，我看看四周山野，对忠仁说："太平山这么窄小，记得小时候很宽阔的，到处都是山地。"几个外村的人，正在义务帮寺庙干活，把淤田的杂草清理开来，挖水沟，割田埂草。垂丝海棠在一蓬灌木林中艳艳地开着紫色的花。我自言自语说："第一次看见野生垂丝海棠，这么美，美得无人认识。"山边的映山红开得像一群少年。到了井泉，我喝了几口水。我抹抹嘴，说，水还是那么甜，清冽。寺庙还是我小时候那栋瓦屋。瓦屋后面的山坳，正在兴建三栋高大的楼房，我看看，不像是寺庙，像是宾馆。三层建筑，水泥房，外墙贴瓷砖。瓦屋的正后面，是一栋三家屋，破旧，墙上贴着佛家的塑料纸像。我问忠仁："建寺庙，怎么建成了疗养院呢？"忠仁说，虞居士以修庙的名义化缘得了很多钱，把房子的地产全办在她个人名下，成了不动产。我"哦"了一声，再也不作声。我四处转转。老庙倒塌的断墙，有的还在，有的已经成了菜地里的肥土。大火焚毁的旧迹，已没有任何踪影。一年一年的雨水，早已把木炭灰洗进了泥土里。我站在井边，想起了跪在院子里的僧人，看着师父活活烧死的情景。骨灰用袈裟带走，是何等智慧。

社　庙

雨水是时间对大地的一种抚摸：细密，匀称，绵柔，滋养。“春始属木，然生木者必水也，故立春后继之雨水。”（《月令七十二候集解》）立春后，饶北河边的柳树，看起来还是枯涩的，一夜细雨，枝条变得柔软，摇曳生姿，有了茸茸的鹅雏黄。太阳也是鹅雏黄的，淡淡的光晕仍然有残雪的料峭。社庙里，挤着乌压压的人，看串堂班唱大戏。看戏的，大多是一些老人和孩子，也有年轻的妇女绑着围裙，兜着瓜子，坐在板凳上，抱着小孩，边嗑瓜子边流泪。台上演的是《玉堂春》，苏三弹着琵琶，唱道：“正午我跟着太阳走，夜晚我行路踏月光，饥了我啃块干树皮，渴了我爬到泉水旁。”也有年轻男女看戏，却没心思看台上，隔着人群，眉来眼去，看了不到半折，便挨在一起，戏还没结束，人就不见了，跑到社庙后山芭茅地去了。我也去看，在社庙里穿来穿去。我也不看戏，看人。门口有炸油条下清汤的，有卖气球塑料手枪

的，有刨甘蔗的，有称麻骨糖的，小孩穿得红红绿绿，舍不得走，围着摊子，把裤兜里的几块压岁钱挠出来，买哨子买塑料挖掘机买陀螺，红通通的手抱着，流着鼻涕糊，喜乐乐。

社庙在村东北的一片树林坳里，沿着一条蚯蚓一样弯弯扭扭的水泥路拐过几块蔬菜地，便到了。庙前是一块开阔的晒场，后边是橘子林和板栗林，再后一些是芭茅黄黄的油茶山，山尖呈畚斗形，叫金畚斗。山尖下有石崖，太阳直射下来，有光瀑，村里人不明光瀑原理，说是山崖到了中午，有黄金曝晒，便有人端着锄头上山崖挖金子，成为几代人笑话。社庙是新修的，白墙黑瓦，明清时期的老样式，仿照四合院布局，外修围墙，墙下种了樟树，柚树，木樨。这里是我，以及如我者孩童的乐园。打陀螺，捉迷藏，推铁箍，都在这里。放了学，和几个一般大的孩子，从家里厢房的门旮旯，找出铁箍，在社庙的空地里，不知疲倦地推，一圈圈地跑，裤衩全湿，头发毛滴水，才回家。我见过原先的社庙，其实是一个颓败的废墟。围墙几乎倒塌了，墙下长满荒草，瓦砾散落在戏台上，梁上的木雕被刀铲去了头部，藻井也不知道被谁偷了，落下一个空空的房顶洞，雨水哗哗哗地从洞口冲刷下来，粗大的木柱子黑黑的。

从哪一年变为废墟，我不知道。我没问过村里人，也没问过父母。父母常告诫我，别去社庙玩，社庙阴邪，还有人见过鬼呢。说见过鬼的人是老七，某天晚上，借着月光，他去橘子林偷橘子吃，路过社庙，看见一个穿黑大褂的人，个子矮矮瘦瘦的，脸腊肠一样，站在戏台上，舌头伸得像狗舌一样长，满脸鲜血，眼睛暴凸,核桃一样。他吓得魂飞魄散。老七那时才十几岁,整天饿得像条狼狗,四处找吃的。村里人说,那个鬼不是别人,是世仁。世仁是上吊死的。他是村里的识字先生,在学校教书。他会说谁也听不懂的俄语,也能写一手好看的毛笔字。过年了,结婚了,进新房了,写对联,村里人都找他。世仁后来断了一只胳膊。他佝偻着走路,也不和人说话,有时很长时间也看不到他。有一次,我看到他带着十几岁的小儿子酸菜,扛一副木楼梯,到山上割棕树的花籽。我问酸菜,割花籽干吗呢。酸菜说,花籽熬粥,家里好几天都吃这个。过了几天,有人看见社庙里,吊死了一个人。死者是世仁。世仁家里连棺材也没有,用一张草席把他卷起来,用两根扁担架起来,抬到后山的油茶树下埋了,堆了一个坟头。

还有一个人死在社庙。是一个老地下党。那时候他从一家文化单位遣散回家,和老母亲住在一起。后来他老母亲死了,他也在社庙的木梁上,用绑裤腰的布带子,悬梁自尽了。十二年后,他被平反,被认定为忠贞的共产党员,还开了追悼会。

至于社庙是哪一年修建的,谁也说不清楚。在《余氏宗谱》里,有些微的蛛丝马迹:永乐三年(1405),余氏宗族捐资白银三百两,建社庙。捐资建社庙时,郑和正在去西洋的路上,带着丝绸、瓷器、种子;解缙和姚广孝正在紫禁城,编修《永乐大典》。民国时期,方志敏在赣东北葛源建立闽浙皖赣苏维埃政府,他领导的部队控制了灵山山脉的山区,与国民党部队对峙。饶北河上游属于灵山北部,社庙里,也驻扎了方志敏的部队,在金畲斗挖战壕,筑石碉堡,建岗哨。村里周瑞星,小名瘌痢,是唯一参加过与国民党部队战斗的人,那时还是十几岁的人,后来参加过抗美援朝,没有负过伤,只是耳朵很背。他还健在,一年四季抱一个火熜,一个月有一千多补助金。他辈分高,又年长,谁见他,都叫他公。公就是爷。村里人对村干部有意见,给他反映,他笃笃笃地拄着拐杖到村委会,从棉袄里掏一根烟,戳在火熜的炭火上,点起来,慢慢吸。我都不知道他有多少岁了。他喜欢压地下六合彩,坐在杂货店的屋檐下,看六合彩马报。他见了谁都是笑眯眯的,脸有一层皲裂堆叠的红斑。"瘌痢公,晚上出什么,有什么'特肖'要告诉大家呢? 不能藏着。"杂货店老板娘有些斜眼,嘴巴瘪得厉害,喜欢说笑,问老人。老人看看她,又看看马报,说,晚上出有角的动物。瘌痢公小时候家贫,没饭吃,见部队来了,去部队做伙夫,负责砍柴烧锅,挑担送饭。瘌痢公就这样参了军。瘌痢公还记得当年在社庙驻扎的情景。瘌痢公说,社庙的地上,铺满了稻草,睡了几十号人,有的人,睡睡,就没有再醒了,部队走的时候,只有三个人。

在我祖父遗留下来的一只笆箩里,我翻出过一张照片。我不知道祖父为什么会有这么一张照片。在七十岁之前,祖父没有照过相片。照片是发黄的黑白照,照片的边框纸完全磨损了,相面也有破损,但清晰:一栋老式里外结构的四合院,中间是大天井,院房外是一个大院子,院门里,是一棵高大的杏树。院门外,是一片有假山的草地,草地上站了四个人。四个人中没有我祖父。我曾找很多人辨识,这四个人是谁,谁也辨识不出来。这四个人都戴着小圆帽，穿着长长的白袍，上身外套一件马夹，二十出头，其中一个人戴着眼镜，个个样子俊美，像民国初年的君子。照片中的背景，就是社庙。在很多年后，我在市里的一本文史资料书上，再次看到了这张照片，才知是饶北河徐氏、姜氏、周氏、张氏四大旺族的公子，四大公子有的已漂洋过海，不知音讯，有的死于抗战时期，有的去了台湾。他们的后人，我大多无从知晓。我只知道徐氏后人，在美国。我见过照片中徐公子的儿子，在一九九三年秋天，我在县宣传部上班，一个六十多岁的老人，银发斑斑，戴一副黑框眼镜。他来档案馆和县志办查资料，他要查他父亲留存的诗稿，编一本他父亲的诗集。在陪同他的过程中，我才知道，他的父亲是郑坊的徐公子。我十分惊讶。我把他和印象中照片上的人，重叠交错地辨认。他还能说地地道道的郑坊话，他旅居美国多年，乡音未改。他说他的两个儿子，连汉语都说得结结巴巴。

时间淹没的，不只是社庙，更多的是人。我们所看不见的烟尘，扑撒满面。社庙，在很长一段时间里，是作为郑坊人民公社枫林大队食堂存在的。当然我并没见过大队食堂。食堂解散后，社庙是大队部，院门外的假山花园平整出一片晒场，房子成了谷仓。在五一劳动节、国庆节等重要节日，生产队便借用大队部做临时食堂，给生产队员加餐。院里院外摆满了八仙桌，长条凳，妇女抽调去烧饭。加餐，只能是大人上桌，桌角便站满了小孩，大人吃一口，用筷子夹一口菜给小孩吃。素菜是萝卜、白菜、粉丝、芋头、花菜、肉皮、香菇蒂、白木耳、荸荠、藕。荤菜是牛肉、牛杂,以及猪肉。菜用钵头盛,满满的一钵头端上,漂着零星的油花,浮出一层辣椒粉。喝的酒是红薯酿的,有绵长的苦味。牛是生产队的老牛,拴在树下,黑布蒙脸,用斧头锤死。牛头和牛杂,在头一天夜里开始煮,轮流值班。煮的时候放很多萝卜,值班的人,只能喝汤吃萝卜,肉是要上桌的。汤喝完了,加水再煮。萝卜吃完了,又倒一竹箕下去。加餐前,我们小孩躲在篙箩下,趁大人不在,用手抓篙箩里的饭麸吃。每次加餐,都会有很多笑话,有比赛吃饭的,有比赛喝酒的,有比赛吃肉的。最高纪录是,吃饭是吃了四十八蓝边碗,吃肉是二十七斤炆肉,这是至今无人打破的。当然,吃得再多都是无人取笑的。加餐那天,全生产队的狗,也来了,在桌下争骨头吃,汪汪汪,相互撕咬。

生产队解散之前,每年的秋季,稻谷收割结束,社庙会上演一次社戏。社戏是村民自己组织的。在戏台上,摆上鱼、肉、酒、水果、麻子粿,祭拜土地神。祭拜完了,由生产队长带一盏花灯,在院子里狂舞。花灯是鲤鱼头形状的龙头,五节板桥灯,灯是荷花灯,花灯灯尾是鲤鱼尾巴形状的龙尾。花灯在生产队的里弄小巷走一圈,绕社庙内围墙走九圈。舞了花灯,生产队长要讲长长的祝词,讲革命形势,讲抓革命促生产,讲风调雨顺。他讲几句,讲不下去了,下面的人哄笑一阵子。他的话讲完了,大家便坐在八仙桌旁嗑瓜子,吃麻子粿。吃麻子粿,便是吃晚餐,没有菜没有饭,也没有酒,开水和麻子粿是管吃管饱的。戏台上,社员组织的串堂班,拉二胡、敲锣鼓,弹弦琴,好不热闹。社戏散了,按劳力多少,分几盘麻子粿回家,算是犒劳。

生产队解散后，社庙归村部集体。那年，我十三岁。社庙再也无人管理，成了堆柴火、砂石的地方。也成了村里某些人偷情的地方。村里有一个叫老鸦的人，五十多岁了，特别会偷情，穿一件白色的确良衬衫，是远近闻名的风水师。他端一个罗盘，整天在村里晃来晃去，也去后山河滩，走走看看，摆摆罗盘。他肩上挂一个黄色的褡裢，里面放着烟管、烟丝、火石和几块零钞，一年四季穿大头的牛皮鞋，外八字脚看起来像一架推土机。他的儿子叫镰刀，一次去社庙抱柴火，无意推开房间门，看见一男一女在稻草堆里苟且，他跑出社庙，一路叫着“天呀，天呀，天要休呀”。从此发疯。原来偷情的人是他父亲和自己的媳妇。

民国时期，社庙是国立枫林小学。这是我祖父讲的，社庙里还竖着孔夫子的木雕像。从这个小学里，走出过好几个人物，有的去了上海滩，有的去了南昌，有的去了革命部队。只是出去了的人，再也没有回来。解放后，小学搬迁至全氏祠堂，我便在那儿上完了小学。无人管理的社庙，日渐成了废墟。围墙开始倒塌，荒草日盛，杏树也不知被谁砍了。门楼上有一块青石雕，是传说中乾隆下江南盛景的群雕，在“文革”时期，被石匠卸下来，藏在一户杨姓人家，保存了下来。房子里的木雕，被铲去了脸部，残缺不全，藻井也被人偷盗而去。到了九十年代末期，杨姓人家到派出所报案，说，藏在猪圈里的石雕被人偷了。派出所派人查了几天，没有着落，便不了了之。隔了十几年，杨姓人家在南昌买了三套房子，在村里摆了三十几桌酒席，烟是中华烟，酒是四特酒。村里有人议论说，杨家靠打工能在南昌买房子？肯定是把石雕卖了,当年报了假案。

最后一次见老社庙,是在一九九六年。我外出读书。我在社庙坐了一个中午。围墙上依稀还有那个年代的红漆标语。戏台上,放着十几架打谷机,墙上斜靠着晒席,院子里有了矮小的灌木。裸露的围墙完全剥落了石灰,有的地方倒塌下来,成了门洞。我记得,破旧的社庙里,曾经住过一个流浪汉。流浪汉是安徽凤阳人,五十多岁,说话有浓重的鼻音,山洪一样。他没有锅灶脸盆,只有一张床——门板搁在两个马扎上,铺了一层稻草,稻草上盖了一张破旧的草席,一条被子的被套补满了各色的补丁。他会看儿科,郁积、黄疸、肺炎,药到病除。他穿一件油蜡蜡的灰黑色中山装,夏天也拖一双低筒雨靴,两个黑黑的脚丫露出来。他看儿科不要钱。那时我大概刚刚入初中,谷雨之后,是漫长的春荒。白鹭在田间啄食螺蛳鱼虾,田埂上的紫云英慢慢结籽,黑黑的一束,碎叶莲浮在水坑里,漫漫散散,圆碧的叶子上,卷出一支黄花。短粮会一直持续到八月初。有一天,村里来了两个人,一男一女,是一对游医夫妻,女的看妇科,男的看儿科,在村里借住了好几个月。后来,不知怎么的,女的生病死了。村里置办了棺材,安葬了。男的再也不走了,住在社庙里。我还记得,那个女的,脸圆圆的,黄南瓜一样的脸色,左脚有些瘸,踮起脚尖走路,以至于每走一步,整个身子抖动一下。不走的男人说,这个村里的人好,善良,自己也无后,哪儿落身都是一样的。村里人叫他烂冬瓜。他自己也叫自己烂冬瓜。住了半年,村里的周春花托人做媒,想烂冬瓜上门,做倒插门女婿。烂冬瓜没同意，说守妻三年再说。周春花四十来岁，老公挑柴火，死在路上，也寡居好几年了。周春花在村里，名声不怎么好，和好几个男人有过说不明的关系。她有一次中午在河埠头洗菜，和杀猪的矮七，在石埠的麻条石上，胡乱起来，被放鸭的冬青看见了。冬青也没声张，晚上，提了一只鸭子去周春花家，说，看见你屁股上巴掌大的红斑胎记。周春花收下鸭子，拉着冬青到柴房里，噼噼噗噗，直至筋疲力尽，酣畅淋漓。烂冬瓜不同意再婚，倒不是因为周春花名声不好，而是他看见周春花三儿两女怕了，嗷嗷待哺，是个无底洞，再多的粮食都是塞不满的。村里有人做喜事，会请烂冬瓜去吃一餐，给个几块钱。过节了，也会请他去，吃一餐，吃吃清明粿、粽子或月饼。住了一年多，说回安徽老家看看，却再也没回来。他的被褥一直放在社庙里，成了老鼠窝。

十五六年前，几个在外做生意的村里人，聚在一起，说，现在时兴复古老祖宗的东西，我们集资把社庙修起来，这么大的村，祖宗留下的社庙，像个破茶缸扔在那儿，不像话，也没脸面。七弄八弄的，几个族姓的人坐在一起，喝了几杯酒，拍着胸脯，竟也应承了下来。社庙按原先的规模和样式修建了起来，只是泥墙变成了水泥墙，泥瓦换作了琉璃瓦，木柱也成了水泥圆柱，雕梁画栋是没了，木雕的孔夫子像也没了，土地神和财神石像并列在一起。每年秋收之后，又有了社戏。每一届的村主任换届选举，也放在社庙点票、唱票，当选的主任在院子外放长长的炮仗和烟花。

社庙其实一直是空着的，平时也没什么文体活动。村里的文体娱乐，很简单，看电视，打麻将，买六合彩。有一次，摆放过一副出殡的棺材。这是七八年前的事情了。村里有一个当兵的，转业安置在市里工作，在水利、交通、林业等几个部门任过要职。他是一个故土情结很重的人，村里修水库、田园改造、山上造林、修村公路，他都给予很多支持。村里要办大事，都找他，说："余局，家乡在您支持下，改变很大，现在还需要扶一把……"老余没架子，村里人都喜欢他，每年给他送的过年礼物，也只是两罐霉豆腐。他爱吃家乡霉豆腐。六十七岁那年，他患病，交代两个儿子，死后要葬在家乡的山上。两个儿子，老大在北京的一家银行上班，老二在南昌开公司，奔驰都有好几辆。老余死后，骨灰盒放在棺材里，运回枫林。时值隆冬，小寒刚过，天一直下雨，稀里哗啦。棺材到了老屋门口，老余的三个侄儿却不让棺材进厅堂，说："厅堂是众家的，每家有份，老屋虽然破了，没人住，却算是留下的祖业。"老余的两个儿子跪在父亲的棺材前，号啕大哭。邻居看不下去了，说："余叔叔给村里办了那么多事情不说，叔叔是骨肉亲，怎么忍心棺材淋雨，让人心寒。"老余的侄儿说："叔叔是给村里办了很多事，可没给我办事，我做房子没借钱给我，又没提携我去吃公家饭。"邻居拎了十几把稻草，盖在棺材上。村支书是个六十多岁的老支书，跑到老余的老屋，说："扯淡的，做人不能绝后，不能带坏了民风，不要说是帮了忙的老人，就是外村人，棺材进了村，都要好生相待，这样吧，把棺材抬到社庙去，村里安排。"

我是常常回枫林的。我的父母在那儿。每次回去，我也会去后山、河滩、砖瓦厂、墓地、水库等地转转。青山始终没有改变,种下去的树,碗粗的时候,山林准会发生一场大火,过了清明,又满目青苍。田畴还是斜斜地向南,在河湾形成一个椭圆形的盆地。在山梁向下向南延伸的树林里,菜地几乎荒废了,芭茅随时展现季节的色彩:春天出芽,夏天墨绿,秋天抽穗开花,冬天倒伏衰黄。油茶树几十年,都是老样子,不见长高也不见长粗,只是树底下,多了坟头。我也不知是谁的坟头。社庙在树林里,似乎很空,空得没有任何声音,即使是穿过瓦垄的风,也是没有声音的。这与时间的汹涌相类似。

隐匿的糖

糖去哪儿了呢？怎么找也找不到。在菜柜里，在衣橱里，在放零食的土瓮里，在棉花袄的内兜里，都找不到糖。是的，家里没糖，无论是白糖还是糖果，翻箱倒柜也没用。我等着漆树落叶，等着油茶花滚遍山野，等着小巷里响起当当当的货郎铃铛声。霜降之后，村里来了卖麦芽糖的人。铃铛是一个摇铃，挂在手腕上，摇一下，当当当。清脆悠扬的铃声，从巷头一直穿过了巷尾，像一阵细雨。货郎戴一顶长耳朵的兔子帽，发白的黄色，挑一担竹篾箩筐，箩筐上是玻璃箱，玻璃箱里是麦芽糖。麦芽糖是一个整块的、白白的，渗透出麦粒的微黄色，糖面上粘着黑黑的油芝麻。听到摇铃声，我们放下还没吃完的饭，从厢房的床底下，拉出一个帆布袋，拎起来，给货郎。帆布袋里是梓籽，四斤梓籽可以换一斤麦芽糖。梓籽是我们放了学，从后山梓树下，捡拾的，一次能捡拾小半斤，捡回来，晒干，收集在帆布袋里，等着货郎来——作为孩子，我们对糖的思念，便是对货郎到来的期盼。每天，我们时时注意着巷子里的动静，夕阳将尽，货郎又一次没来，我们便会生出许多的落寞。当铃铛响起，我们似乎闻到了麦芽糖的香味，似乎牙齿已经黏上了糖。货郎称好了梓籽，倒进蛇皮袋里，塞进箩筐，又取出小切刀，切麦芽糖。他有一个小铁锤，轻轻地锤在刀柄上，刀口慢慢吃进糖块，分割出来。称好了糖，我们还舍不得走，紧紧地盯着玻璃箱的糖碎末。麦芽糖可以用米换，可我们哪来的米呢？只有每天去捡更多的梓籽。

糖是一个神奇的美妙世界。糖含在嘴巴里，世界发生了变化。甜，从味蕾开始，浸润了毛孔里的每一个细胞，心逐渐随糖一起溶化。糖溶化了，甜也消失了，好心情却要好几天才消失——我们去捡牛粪，去拾稻穗，都是十分愿意的。每天上学前，敲一小块麦芽糖下来，边走路边吮着吃，到了学校，唇边还有甜味。

麦芽糖很快就吃完了。到哪儿去寻糖吃呢？锅里焖着红薯，水汽干了，红薯黏在锅里，糖脂松脂一样结在红薯皮上，裹着香香的红薯。我把糖脂刮下来，用手指蘸着吃。手指把糖脂卷起来，一圈圈的，放在嘴巴里抿起来。糖脂不是很甜，有微微的焦苦，抿起来，软软的，黏黏的。当然，哪有那么多的红薯焖呢？红薯要磨粉，要煮粥，要做红薯粒蒸饭。山茶花开了，在山坡上，云雾一样白。花蕊里，有一滴滴的野蜜。我把麦秸剪一节，做成吸管，对着花蕊吸蜜。一朵一朵地吸，把小蚂蚁小昆虫，也吸进嘴巴里。脸上，衣服上，全是花粉。

糖，四处都有，需要自己去找。山中，有一种小叶灌木，长在山脊上，猕猴桃熟透之后，这种小灌木也结圆圆的小黑果。小灌木叫野楠。我从没看过野楠开花，脆脆的树干，手一折便断，树皮有粉状的黄末。它的小浆果黑黑的，圆圆的，和黄豆差不多大。我们砍柴，砍到野楠，便站着摘浆果吃。浆果黑汁，甜得黏嘴皮，吃完一棵树的野果，嘴巴全黑。野楠果熟的时候，山坡上的野柿子，也红了。把野柿子摘下来，把裤子脱下来，在裤脚扎一个结，野柿子塞满整个库管。把野柿子放在缸里，用热水泡盐，水凉了，泡进缸里，过十几天，野柿子吃起来甜脆，一点也不涩。坡上的野柿树，和山毛榉长在一起，叶子黄黄的，在风中飘零，红柿子红得山坡生动起来，给萧瑟的秋天以燃烧感。

一九九〇年之前，饶北河流域，甚少种甘蔗，虽然河滩上，有大片大片的沙地，适合种甘蔗、花生、西瓜。但鲜有人种——尽可能把有限的地，种玉米，种高粱，种稻谷，喂饱一家人的胃，比什么都重要。我们对糖的期待，更多的是院子里的水果，家家户户的房前屋后，种了柚子或柑橘或水蜜桃或枇杷或石榴或枣或梨。挂在树上的水果，对于我们来说是无可抵抗的诱惑。我们选择午饭时间下午放学时间，去偷吃，翻院墙爬树，吃饱了再下来。邻居抓住了，责问几句，送我们回家——各家各户的小孩都偷水果吃，没什么可责怪的。

冰糖和水果糖，也只有过年才能吃得上。我三个姑姑，给我祖父祖母拜年时，会多送几个糖包，冰糖包、糖果包、麻骨糖包、灯芯糖包，都会有。我兄弟姐妹多，一人才分吃几个。我舍不得吃，放在书包里，等上学吃。开学了，把书包翻出来，糖果不见了，不知被谁偷吃了，大哭一场是免不了的，却没任何人同情。过年了，甘蔗是吃不完的。村里来了卖甘蔗的人，拉着板车，满满一车。五分钱一根，压岁钱分四次，买了甘蔗，一次买一根，半天吃一根。吃完了，吃别人的。甘蔗刨皮，从蔗梢开始吃，狠狠咬一口，把外面一层皮纤维咬下来，拉起来，像个篾匠师傅嘴巴拉篾青丝。

有一年，我大概八岁。我闹不明白，甘蔗和玉米秆有什么区别，形状都差不多，我们为什么吃甘蔗，而不吃玉米秆呢？我决定去吃玉米秆。走了三里多路，到了石灰窑边的玉米地，我坐在田垄上掰玉米秆吃，一节一节吃。玉米秆有不多的甜味，吃得太阳下山了才回家。回到家，嘴巴肿了，红红的，辣辣地痛，口腔火烧一样灼痛。第二天起床，一直流鼻血，怎么也止不住。

当然，最甜的糖，自然是蜂蜜了。我有一个邻居养蜂。他女儿和我是同学。我常去她家玩。可一次也没吃过她家蜂蜜。忘记哪一年了，我那当小学教员的三姑父学起了养蜂，在他家的天井里，养了两箱蜂。可他从没掏过蜜，蜂越养越少，没几个月，蜂便死光了。记得第一次吃蜂蜜，是和一个同伴上山砍柴，遇上了一个马蜂窝。他架起火，烧了马蜂窝，剥开蜂巢，金色的液体淌了下来。我蹲在地上，仰起头舔蜂窝里的蜜。蜜太甜，吃不了几口，便吃不下了，砍一棵毛竹，做一个竹筒，把蜜掏回家。

年少时，爱吃的是麻骨糖。麻是南方乡间植物，有“大麻”“苎麻”“苘麻”“亚麻”等，茎皮纤维通常亦称“麻”，可制绳索、织布。苎麻最常见，在坟茔上在田埂上在荒滩上。三月发芽，叶绿肥阔；七月，把苎麻砍回家，把粗纤维麻皮剥下来。麻秆晒干当柴火烧。麻秆也叫麻骨，溜光，洁白，空心，脆。麻骨糖是麦芽糖，形状如麻骨，空心圆筒里包着芝麻，入口香甜，碎脆即化。村里有一个叫麻子壳的中年人，常年做麻骨糖卖，挑一个箩筐改成的货担，在各个村里吆喝："麻骨糖嘞——两斤半米换一斤喽——"他的吆喝声悠长，有越剧的腔调。

麻骨糖是用麦芽发酵，米磨浆，积淀出淀粉，和麦芽糖一起熬，熬出糖。糖熬熟了，盛在一个木桶里，热气四散，满屋子糖香。麻子壳用木轮子，把糖稀拉成帘子一样的糖布，快速转动，暗红的糖稀变白，发硬，成了一个糖棒，再把木轮子抽出，成了麻骨。至于怎么把芝麻灌进去，均匀地塞在空心圆筒里，我始终无法知晓。我看过麻子壳炒芝麻。把柴锅烧热，把黑芝麻倒进锅里，用手翻。他扎一条黑布围裙，坐在高脚凳上，有节奏地手翻芝麻。芝麻在锅里滚动，香气热腾腾地散开。翻芝麻，是一门技艺。没有技艺的人，手抄入热锅，皮肤立即会烫伤红肿，芝麻焦味扑鼻。麻子壳翻得悠闲，不紧不慢，芝麻熟透而不焦，吃起来，生香不粘牙。做麻骨糖耗费时间，也需要细腻温和的性格，不是一般人可以学这门营生的。

麻骨糖吃多了，口腔很容易溃疡。但只要有麻骨糖吃，口腔溃疡又怕什么呢？想吃麻骨糖，没米换，又没钱买，我就用祖父的烟丝换。麻子壳爱抽我祖父切的烟丝。烟叶刷过茶油，切得细如发丝，抽起来香。烟丝藏在木箱里，我听到麻子壳的吆喝声，就咚咚咚爬上阁楼，拿一卷烟丝下来。

村里还有人用野刺梨熬糖的。有一种蔷薇科落叶灌木植物，在五月份，开半白半粉红的花，一朵压一朵，密密麻麻，一株成一个花圃，蜜蜂嗡嗡嗡。立冬之后，野蔷薇上结满了金黄色的野刺梨。野刺梨花生那么大，皮上有尖尖细细的刺。我们用衣角，把小刺磨掉，把里面的水，挤压出来吃，甜得发涩。水分有一股青味，甘甜如浆。我学了植物学之后，才知道，野刺梨也叫野石榴，富含维生素 C 和维生素 P，每千克含量比苹果和梨高出五百倍，比柑橘高一百倍，比猕猴桃高九倍，是珍果，是水果界的维 C 皇后。这就是野刺梨，别名刺蘑、山刺梨、刺石榴、刺梨子、木梨子、刺梨蔷薇、茨梨。在贫瘠的山边，在荒废的红薯地，在崖石上，野刺梨常和山楂生长在一起，山楂红润得发紫，野刺梨金黄得透出红斑。提一个竹篮子，捏一把剪刀，采野刺梨，不要半天，可摘一篮子。野刺梨有绒毛刺针，会扎进衣服，扎进皮肤，很难剥。把野刺梨装在一个布袋里，往地上摔，反复摔十几次，再把野刺梨倒进水池里，绒毛刺浮在水面上，被水漂走。把野刺梨捞到圆笸箩，晾干水分，用石磨磨碎，用纱布过滤出浆水，烧红铁锅，慢慢熬糖。孩子见糖浆如红丝绸，忍不住取下筷子，挑糖稀吃。糖稀烫嘴唇，果胶瞬间裹住，吃不了两口，嘴唇便被烫肿。

一九九六年，我去过一次玉山糖厂看朋友，很惋惜的是，我只顾着和朋友聊天，忘记了参观生产过程。糖厂有一个大院，毛蔗堆在厂棚里，足足有百米长。四处都是糖香，让人几近迷糊。

事实上，我并不是一个爱吃糖的人。在十三岁之后，我几乎不吃甜食。读师范时，我同学徐勇，喜欢吃糖，常用白糖拌饭吃。我看着就饱了。我说，这可能是最难吃的东西了。他却吃得特别有滋味。吃菜也一样，放一点点糖，我也能吃出来。我能吃各种菜系的菜品，唯独不吃上海菜。每次去上海，若待上三两天，我包里肯定带上剁椒、榨菜。我岳父自小在上海长大，他善于烧菜，且保留着糖作调味品的习惯。但我去他家吃饭，他不会放糖。第一次去岳父家吃饭，他烧了一大桌菜，我却筷子也没动，喝了一碗汤便下桌了。他还以为我嫌弃他厨艺差。我说我不吃糖，忘记说了。

我身边的人常提醒我，包里带着糖出门，免得低血糖发作——我低血糖发作，淌冷汗，手脚痉挛，严重的时候，直接昏倒在地。但我从不带糖出门。但爱吃糖的人，还是很多。这不仅与味觉有关，更与体内所需的养分有关。

学了化学之后，我知道了糖类物质是多羟基（两个或两个以上）的醛类（Aldehyde）或酮类（Ketone）化合物，在水解后能变成以上两者之一的有机化合物，由碳、氢、氧元素构成，在化学式的表现上类似于"碳""水"聚合，故又称之为碳水化合物。中国是一个制糖历史悠久的国家，在东周时期，已开始制饴糖，《诗经》中有"周原膴膴，堇荼如饴"诗句，把饴糖作为一个喻体。我一直无法理解的是，糖进入我们口腔，在味觉上，在心理上，所起的物理化学变化，其带给我们愉悦的心情，确实是其他物质难以取代的。就像我们正在进行的爱情。我们把一切美好的东西，都用糖去形容。

饶北河流域盛产甘蔗，也盛产砂糖红糖。种甘蔗的大户人家，自制砂糖红糖卖。在年冬，我们把埋在地里的甘蔗，掏出来，剥蔗衣削蔗脑蔗头，水洗净，晾一天，便开始自己制糖。借来榨蔗机，摆在水井边，拉开电闸，榨蔗机呼呼呼地开起来。毛蔗三两根，抱在手上，塞进机器的齿轮里。甘蔗汁从侧边的槽口流出来，淌进桶里，甘蔗渣从后面的槽口吐出来。炉火已经旺旺地燃起，沉淀过后的甘蔗汁，浮起一层白色泡沫，甘蔗青味涌起来。把白色泡沫滤掉，把汁水倒进热锅里，一边煮一边搅动汁水，泡沫又一层层结成圈，白中渗黄，铁勺把泡沫捞起来，倒掉。滚热的汁水，舀进桶里，用夏布纱巾过滤，把纯汁过滤出来。

烧沸，过滤，再烧沸，再过滤，达六次。每烧沸一次，蔗汁浅下去一圈，蒸汽在房间里萦绕。妇人一直站在锅边，铁勺不停地搅动蔗汁。蔗汁慢慢变稠，变紫红色，成了黏稠物，盛在缸里，结晶，蔗汁就成了甘甜的砂糖。这个过程要十个小时。制糖人必须要有十分谦逊的耐性，慢慢熬慢慢煮，不停地搅动，蔗汁才能熬出砂糖。砂糖也有了制糖人的脾性和品德。从蔗汁熬成糖，仿佛一个人的成长。

糖还没完全熬熟，我用一根筷子，伸进锅里，卷糖稀。棕黄色的糖稀黏在筷子上，拉丝一样，往下滴，薄薄的，透明的。我快速地转动筷子，拉丝下去的糖稀又被我卷上来。糖稀慢慢冷却，封冻，卷在筷子上，成了糖卷。糖卷含在嘴巴里，涩涩的甜。吃不了多少，口腔肿了起来，喷火一样痛。

满屋子的糖香。糖香溢满了院子。严冬也因为糖而暖和起来。

砂糖是很好的伴手礼，有亲戚或邻居，生孩子，妇人坐月子，母亲会送两斤红糖去串门。看老人看妇科病人，也可以带两斤去。孩童时期，最爱吃的食物，是砂糖调粥。把粥煮稠了，盛在大碗里，用勺子把砂糖掠上来，调到热粥里，慢慢调匀，蹲在门槛上，托着碗，窸窸窣窣，把一碗热粥吸干。粥，妍红得发紫，吸起来爽爽的，糖在口腔里散发热度。没有比喝一碗这样的粥更幸福的事情了。我自小喜欢熬粥，熬各种粥。可能这是我最擅长的事啦。

现在，冬日的菜市场里有人挑蔗糖来卖，用木桶挑，一桶砂糖一桶红糖。纯手工糖。砂糖十四块钱一斤，红糖十八块钱一斤。价格并不贵。自己制糖吃的人家，已经没有了。

村里已经没有制糖师傅了。制糖是辛苦的营生。杂货店里，糖果也没多少人买，小孩爱吃辣条酱干。只有正月拜年了，各家才会买糖果。酸糖、奶糖、巧克力糖、饴糖，都不如土糖香甜爽脆。土糖有制糖人的脾性和温度。

糖不仅仅是一种碳水化合物，不仅仅给人提供甜的味觉，糖更多是给人一种喜悦和向往。我们思念一个人，可以叫糖；我们拥抱一个人，可以叫糖；我们去不知道尽头的远方，可以叫糖；我们把焦躁的内心变得平淡，可以叫糖。

糖不仅是我们的过去史，也是我们的未来史。我们需要糖。

糖是促进我们生活荷尔蒙分泌的催化剂。而糖是藏在水里的，需要我们慢慢熬出来，熬出内心的甜蜜来。

拜谒先生墓

“你去拜谒一下先生吧。”父亲说，“我的脚走不动了，那么远。”

“哪个先生？”父亲的话，让我有些莫名其妙。父亲种了一辈子田，砍了一辈子的木柴，哪来的先生呢？八十岁的老父亲是不是懵懂了。我侧头看了父亲一眼。他架起脚，靠在椅子上吸烟。

他轻轻地说：“还会有哪个先生。能够称得上先生的，只有王昌明一个。他是村里最后一个先生了。”

“他都死了三十多年了，葬在哪儿，我都不知道。”

“葬在金畚斗。很好找，两个坟挨着，夫妻坟。”

金畚斗，是方圆十里最高的一个山尖，徒步上去，至少也得两个小时。年少时，我常去金畚斗砍灌木，晒干，卖给土窑。一天能赚一块五毛钱。把灌木剃去枝丫，藤条捆起来，滑下山。民国时期,这里有过一条战壕,方志敏的部队和国民党的部队,在这里发生过激战。这条用石灰石砌起来的战壕,还在。

第二天早上,我提了一个篮子,扛起一把锄头上山了。篮子里有一把柴刀、一锡壶谷烧、一刀纸一束香、三个苹果三个梨。还有一袋卤猪耳朵丝,这是父亲特意交代的。老先生爱吃。

从山溪石桥的岔道上去,便一直爬山。弯来弯去的山道,被茅草和山毛榉完全遮住了。走不了的地方,我便用刀砍,砍出一条可以脚踏的路。山在这几年长了茅草,以前光秃秃,茅草灌木被砍光,当柴火烧。到了山顶,已是正午时分。山尖长出了高高大大的油毛松,葱翠油绿。油毛松盖住了山尖,也盖住了缓缓向下延伸的四支山梁。冬青和青冈栎间杂在松林里,绿叶肥阔。兀鹫在头顶一圈圈地盘旋。吊米老鼠(松鼠的方言)蜷缩在树丫上,机警地张望,乌豆一样的眼睛,溜溜转。一个高高的盖琉璃瓦的凉亭,在树林里隐隐露出来。亭前有十八棵蜀柏分两排,以圆柱形向上螺旋。亭里有两个矮小的土堆。这是老先生的墓地了。每年清明,父亲要上金畚斗,给老先生扫墓。也会叫上我哥。我哥不是去扫墓,而是一路上可以照应老人。

在十五岁之前,我见过王昌明老先生。早晨或傍晚,常遇见老先生在溪边散步。他穿一件棉白的长袍,拄一根紫木拐杖,满头银亮的白发,脚上圆头的布鞋干爽洁净。和他打招呼的人,都躬下身子,低头问候一声:“老先生好。”他是唯一被称为先生的人。老人风雅,身材高大,眉目俊朗,耳聪目明,想必年轻时风流倜傥。他也是村里唯一穿长袍的人。老人无子嗣,和二女儿一家住在自己大屋里。散了步回家，他坐在厢房里，弹一会儿瑶筝。

在抗战时期，三十出头的王昌明从广州回来，在竹溪书院教书。他早年读过东吴大学，在广州和武汉工作过好几年。至于为什么回来，谁也不清楚。他也从来不谈。这让人感觉到他多多少少有些神秘。他的父亲是个小茶叶商，把灵山的好茶青收来加工，卖给信州的茶商。回来的第二年，王昌明便结了婚。老婆徐晚琴是镇里仁爱中药堂老板的二女儿。

坟上有几片锡纸的经幡，红红绿绿，落在杂草丛中。我把杂草和小灌木，一刀刀割了，再用锄头铲了草根。坟前有两块青石墓碑，一块墓碑上刻着：

故显考王公昌明先生之墓　一九〇三年十一月八日生　一九八五年十二月十三日卒

另一块墓碑上刻着：

故显妣王公夫人徐氏晚琴之墓　一九一五年三月四日生　一九八七年二月六日卒

青石有些发暗呈灰色，刻字还是清晰可见。墓碑上方中间，各有老先生和老妇人年轻时的圆瓷照片。老先生站在码头上，身后是一艘大客轮，依着栏杆，穿一套立领的西装，打着蝴蝶结，戴一副眼镜,眉宇开阔,五官笔挺有棱有角。年轻的徐晚琴穿一条长裙,坐在一张圈椅上,齐肩的手推波纹梳出自然卷的头发,搭在肩膀上,刘海中分往后,眉清目秀。老先生故去时,我正在读初二,竟然毫无印象了。我算了一下,老先生比我祖父还年长两岁。

父亲是家中独子,排行老二,七岁读私塾,读了三年。他记忆力好,六十多岁的时候,还会背《论语》的部分章节,打得一手好算盘,噼噼啪啪,是村里第一算盘手。这些都是老先生教的。私塾只有一个先生,他教"四书五经"《三字经》,也教习字、画画、唱歌、算术。他有一辆自行车,常载着他刚过门的妻子,在村里转来转去。他不住在家里,住在书院。书院二楼有一间大房,做卧室和书房。他有一个收音机,是从广州带来的。镇里学堂的校长来书院拜访,王昌明打开收音机,校长吓得号啕大哭。他不知道,一个黑色的笨拙的匣子里怎么会有人说话。

常有四周乡镇的读书青年来玩,有男有女,也有外地的青年来,住个三五天或半个月。

过了几年,村里十几个读过私塾的青年,都离开了村子,有的去了信州或南昌继续求学,有的去了上海广州,有的去了国民党部队,有的去了延安,有的去了谁也不知道的地方。

有一次,镇里的六个警察突然出现在竹溪书院,围了前后门。王昌明正在教孩子们唱歌。警察都是本镇人,彼此也都认识。警察把王昌明带到了镇里,关押了起来。徐晚琴的父亲慌了,带着一包银子去警察局。徐老板和局长是多年的老棋友,常

在药铺的内堂下棋。局长领着徐老板，见了王昌明。还好，人只是关押着，并没受皮肉之苦。局长说，有人举报王昌明在私塾里，非法聚会，搞赤化宣传。审讯了两次，也没审讯出什么结果。局长收了银两，又关了他两天，便把人放了。

做小茶业商的父亲，怎么也不让儿子教私塾了，免得让家人提心吊胆。王昌明便说："我读了这么多书，我就是为了教书，不然我回来干什么，你看看，我们一个村子，有几个人读过书，有几个人识字呢？人不识字，翻不了身。"父亲拗不过儿子，任由他，只是再也不让他住在书院里。

警察又来抓了一次，但没有成功。这是一年后的事情了。警察进了村，围了大屋，要抓人。村里响起了铜锣，当当当。村民操起扁担锄头，跑到大屋，围住了警察。警察看看人群，有上百号人，其中还有人捏着杀猪刀，扛着土铳。族长公来了，一个七十多岁的老人，说，人是不能带走的，一个文静的读书人不动刀不动枪，会有什么罪呢？警察说，王先生煽动民众反政府。族长公说，村里不出土匪，又不抗租杀人，怎么反政府了？王先生是村里读书人的种子，你不能把读书种灭了，哪有这样的世道。警察和民众对峙了半天，拿着族长的担保书走了。

一九九七年夏天，我和朋友何，去南昌梅岭，在旅行车上，见过一个姓徐的老乡，白发苍苍，是个离休干部，出过一本古体诗集，叫《灵山草房别集》。他说他在竹溪书院读过五年的私塾。他还记得王昌明先生。他说，王昌明先生衣着非常讲究，很洋派，西装皮鞋手杖眼镜，还有一顶圆形的太阳帽——书院有专门的衣帽间，上课的时候，穿长袍，写一手倜傥的行楷小字，讲四书五经不用翻书。"王昌明先生教我们唱《国际歌》《黄河大合唱》《义勇军进行曲》《中国男儿》《送别》《还我河山》。我家在陈坑坞，每天拎一个饭盒，走十几公里的路去私塾上学，吃了很多苦，也很有意义。"徐老乡摇摇头，说，"一转眼，一辈子历历在目。他是一个影响人一生的先生。"

在坟前，我烧了香纸，摆上酒拜祭。站在金畚斗，可以俯视整个盆地。环形的山呈一个怀抱的形状，在古城山留下一个坳口，饶北河从坳口汤汤穿过。巍峨的灵山在远方伫立。风呼呼呼地捶打着松林。山下的村舍像一团团散落的泥巴。村子的南面是开阔的田畴，初秋的水田半绿半黄。

徐晚琴也会弹瑶筝，是王昌明教的。我很难想象那种甜蜜和美满。在一间大屋的厢房里，一架瑶筝摆在琴架上，一个在弹琴，一个在哼唱，凝眼相望，百媚而生。书院经常会有朗诵会、唱歌会和话剧表演，孩子在戏台上表演，大人坐在戏台下看。徐晚琴也上台表演，弹琴演戏。都是贫穷人家的孩子，但他们面目干净。

广州、武汉、上海，也常有电报发来，请王昌明夫妻去工作生活，但都被一一谢绝了。一九四八年，书院不再招收学生。一九五六年春，村里有了小学，王昌明又去小学当老师。一九六六年，小学停课。一九七七年小学复课。小学停课期间，王昌明在自己的大屋里，给孩子上课，早上两节，晚上两节。也不收费。

一九七四年初，王昌明是村里唯一的读书人，被安排在村里刷标语。他穿灰色的劳动布上装，戴一副黑边眼镜，提一个石灰桶和一个红漆桶，在沿街的墙面，刷红漆字。他把木梯靠在墙上，用木尺量笔画的长短，铅笔画框。远远看去，他像挂在墙上的一件蓑衣。

那个大屋，是村人所熟悉的，有一个内凹的大门，一个青砖门垛，一个内院、天井和一个厅堂。厅堂两侧有四个厢房。内院有一棵石榴树，比屋檐还要高，婆娑的树枝遮了半个院子，暮春会开出橘红色的花。在我孩童时代，老先生每天都会从上街，踱步下来，经过一条水渠，到下街村口的大樟树下，坐一坐。大樟树下有一条石板路，弯过一个池塘，便是竹溪书院。一个废弃的年久失修的书院，是村子里最落寞的一栋老房子，也是最古老的一栋房子。葱绿的溪水侧身湍湍而过。他有一个外孙女，叫丽凤，和我同年，是村里最有韵致的姑娘。丽凤四季穿长裙，头发盘起来，发髻上插着栀子花。她外婆徐晚琴喜欢种花，花儿四季常开。父亲曾有强烈的想法，想我和丽凤结一门亲事。

拜祭回来，父亲还在午休。我给母亲烧柴锅。母亲正在蒸灰碱粿。我说，今天怎么想到蒸灰碱粿吃呢？母亲一边舀浆下去，一边说："你真是傻了，今天是七月半，晚上还要祭祖呢。"七月半是鬼节，是一个很重要的节日，要上坟要祭祖。父亲不声不响地站在灶房门口，笑眯眯地看着我，他的脸笑出了树的纹理。我说，金畚斗真难爬，脚腿发酸。"多爬几次腿就不酸了。"父亲抽着烟，说。杂七杂八地又说起了老先生。父亲说，你看看现在的小学，有些老师哪像个教书的。

祭了祖,太阳才落山。麻雀一阵阵地从门前的稻田飞过,起起落落。房子的影子长长的,被空无地不断放大,盖过了稻田。金畚斗抹了余晖——斑斓的金黄色。墨绿的松树,一团团的,板结在天空下。松树林里的坟茔,是村里最高的坟茔了。站在山下,看不到坟茔,只看得到松林。

十番锣鼓

做九不做十，再过半个月，是冬至日，恰好是老母温佳娘八十九岁。黑罐约了三个弟弟，商量如何庆寿。谈事谈了前半夜，定菜单，定了烟酒，定了桌数，定了两天唱串堂。

第二天，黑罐把请柬送到串堂班班主老金手里。老金拟了一份戏单，说，备了十二场戏，供黑罐选。戏目分别是《过街锣鼓》《西厢记》《拔子调》《满堂福》《麻姑上寿》《观音送子》《龙凤配》《郭子仪上寿》《穆桂英挂帅》《玉堂春》《碧桃花》《八仙飘海》。黑罐说，临冬了，没什么事，大家坐在一起，喝喝酒，热闹热闹，我也不懂什么戏文，老金班主定了就是，喜庆一些的，就行。老金说，戏都是好戏，热闹戏。黑罐说，添上《五女拜寿》吧，这戏好，拜寿。喝了一会儿茶，黑罐出门了，想想，又转身回去，对老金说，每场戏前，是不是可以加一个《十番锣鼓》，大家都喜欢听《十番锣鼓》。老金说，可以，算是送戏，我还是第一次给九十大寿老人做寿呢，沾沾喜，大家喜庆。黑罐心里喜滋滋的，两天的戏，花了一万二，比预估的少了四千，这个老金，还是情义人，好生记得，情义不能忘。

串堂放在祠堂庙表演。相邻相亲的人，站的站，坐的坐，黑压压，围了一屋。堂前拼了两张八仙桌，摆上水果、茶水、瓜子。串堂班围着桌子坐，计十二人，九男三女。老寿星坐在堂前，依着木圆柱下的躺椅，斜斜地靠着坐，身上盖了一条旧毛毯。小孩四处窜来窜去，瞎闹。桂华大嫂说，好几年没见过这么热闹的串堂了，以前听的，都是五六个人。黑罐的三弟黑锤白了桂华大嫂一眼，说，热闹是热闹，钱可是大价钱，我编篮子，半年也编不出来。《十番锣鼓》开场，咚咚咚，当当当，嗒嗒嗒，算是练手。《十番锣鼓》是一种民间流行的打击乐，做超度、打醮，做婚嫁、拜寿，常见于堂前。老金站起来，左手托起木鱼，右手拿起小棒槌，嗒，嗒，嗒。声落，笛声嘟嘟嘟，响起，管号、箫、弦、提琴、云锣、汤锣、木鱼、檀板、大鼓，哗啦啦，全炸开了嗓。看戏的人，啪啪啪，鼓起了掌。桂华大嫂抱在手上的两岁小孙女，吓得号啕大哭。“你个死哭的！”她从口袋里摸了一粒糖，塞进去，哭声止了。

串堂唱了两天，还有人没过足瘾，戏是好看，散得太快了。桂华大嫂说，戏都是好戏，可惜丽英前天在戏里是老金的女儿，昨天的戏里，又成了老婆，不像话，好好的戏，捉弄人。老金带着串堂班，分成两班，去别的村子唱了。一个米黄色的两截布袋，搭在肩上，后袋放着木鱼、檀板、钲、钹，笛，前袋放着保温茶杯、止咳药、牙膏牙刷、烟丝盒、竹兜烟斗、打火机，腰上绑一支唢呐，戴一顶棉绒黑毡帽，轻轻地摇着头，边走边唱："怎不喜坏少年郎！拍长空，雪卷千堆浪，归舟几点露帆樯。真乃是黄河之水从天降，你看它隘幽燕、分秦晋、带齐梁。浩然之气从何养？尽收这江淮河汉入文章。"他的脖子慢慢变粗，脸色快速转酒醺色，眼睛露出一束光。老金将近六十岁人了，每天早上，还坐在河滩搭的茅棚里，练各样器乐，吊嗓子。一天练功三小时。

他从来没忘记父亲的话：出一个大师傅，要三代传承，要练三十个寒暑。老金出生的时候，他父亲希望他命中多带金属，钲、钹、锣、唢呐、号、铜箫，都带金，小名唤老金。老金姓梅，本名梅明亮。他父亲梅昌盛。据说，他的梅姓来自武汉大梅湾梅家。他祖父梅禧年，我没见过。老金常常谈起他这个祖父。清末，梅禧年逃战乱，从武汉走黄梅，过景德镇，到了上饶。出发的时候，是一家四口，父母，哥哥，走十几天，死一个，再走十几天，再死一个，又走十几天，又死一个，到了上饶，只留下他一个。

那时他才十一岁。他在饶北河一带讨饭，讨了半年多，被一个叫陶玉银的道士收留，上了灵山道观，做了小道童。灵山是道家第三十三福地，道观逾千年历史。世昌才道盛，到了清末，道观已破败。陶玉银是一个五十多岁的人，无家室，对梅禧年十分疼爱。梅禧年懂事，扫地、砍柴、挑水，给师父泡茶、洗脚、暖被窝，也得师父欢心。过了两年，入冬了，随师父下山打醮。打醮是一种道家法事，道士设坛做法事，求福禳灾，感谢神灵带来收获，祈求上苍来年风调雨顺，祈求赐福与庇佑。设坛的地方叫横山。横山是灵山脚下清水乡僻远村庄，山多地少，甚是穷苦，但法事做得很隆重,把青峰堂的串堂也请来了。这是梅禧年第一次听串堂,听了,他再也挪不开步子。《十番锣鼓》开场,木鱼,嗒,嗒,嗒,清脆,爽亮,像飞溅的溪涧水,一路在峡谷狂奔。而他自己敲的木鱼,沉闷,低落,空洞。过了年,梅禧年对师父说,想下山学串堂,请师父放自己下山。师父说,道观是清苦,可总有一碗饭吃,你下山学串堂,糊口都难呀,还不知道张师傅收不收呢。张师傅是灵山一带名师,叫张家尚,四十三四岁,弓弦丝竹技艺精湛,唱功深厚,品艺双修。在清末民国时期,上饶县一带,每个乡社,都有串堂班,尤以灵山南坡下的清水青峰堂,最负盛名,东坡下的石人殿紫鸿堂,次之。青峰堂张氏世代相袭,清光绪年间,第八代传人张尚麟纳广信各派串堂名师之长,技艺精绝,集串堂音乐大成,串堂器乐凡三十余种,无一不精,遂成大师。张氏第十二代传人张宗权、张宗诚两兄弟,是又一代的集大成者,现已古稀之年,广授技艺,在饶北河流域,影响深远。

拗不过孩子,过了谷雨,道士陶玉银送梅禧年去了青峰堂。张师傅是串堂班班主,怎么也不收,说,孩子偏大了,筋骨难练,嗓子变粗了,难育,再说,世道乱,也没什么人请得起串堂班了。陶玉银道士和张师傅相识二十余年,颇有交情,说了孩子的身世,对张师傅说:“你先收下试试看,让他练一年,每个月,我给你三斗米,算是伙食,小孩想学,了个心愿吧,砍柴挑水,他都会,人勤快,可以给你搭搭手。”张师傅看在陶道士脸面上,也就应承了下来,说先练一年吧,其他的事,以后再说。梅禧年就这样留了下来。留下的,还有一个蓝色包袱,包袱里有两件换洗道服。梅禧年前半年，早上挑六担水，吊半个时辰嗓子，吃了早餐上山砍柴，中午一个人坐在山上敲木鱼，下午种菜，晚上习赣胡。清早、中午、晚上，功课是雷打不动的。习了半年，师娘说，禧年没上学，可惜，送去读私塾吧，识识字。去私塾上课，要走六里山路，读半天。

木鱼是桑木掏空的，有七八个，从大的敲起，嗒嗒嗒，按照曲调的节奏敲。敲了一年，有些烦，对师傅说："木鱼敲得心慌，越敲心里越孤单，敲得心里悲凉，是不是可以学打钹呢？"张师傅说："敲半年就烦了？我跟我父亲学艺，敲了五年的木鱼，木鱼是什么？木鱼是佛、道通用的必备法器，能通神，唐代高僧怀海禅师说：'木鱼，相传云，鱼昼夜常醒，刻木像形击之，所以警昏情也。'木鱼为佛门僧侣所创制，警示僧众昼夜不忘修行之意。我们习器乐，不仅仅是为了养家糊口，也是一种修行。木鱼敲多了，给人种下慧根。"禧年也不敢多问，只是默默记下，他知道，师傅说的都是对的。师傅又说，不要看敲木鱼那么简单，没几个人能把木鱼敲好的，笛子吹得好的人，我见过很多，赣胡拉得好的人，我也见过很多，可我没见过把木鱼敲得好的，这说明一个道理，大家都不明白的道理，越是简单的事情，越需要长期艰苦的练习。大家都以为敲木鱼简单，所以都不去长时间练习，上饶一带，串堂班过百家，各家有各家器乐，胡可以是二胡也可以是赣胡，鼓可以是同鼓也可以是板鼓，锣可以是马锣内锣也可以是春锣汤锣，钹可以是大钹也可以是小钹，千变万化，笛箫号琴筝，更不用说了，唯独木鱼是不变的。也就是说，最简单也是最重要的，就拿《十番锣鼓》来说，木鱼是整个打击乐曲目的魂。起始和结束，节奏的控制，音调的高低，情绪的饱满度，都是由木鱼来调度，是整个打击乐的指挥。演奏木鱼的人在串堂班是唯一站起来表演的，他的表情和身体，都属于木鱼。

禧年读了三年的私塾，习了八年的串堂。过了元宵，张师傅对禧年说，没什么人请串堂了，我们用相同的器乐，一起演奏所用器乐部分的《十番锣鼓》。花了二十二个晚上，使用了二十二种器乐，把《十番锣鼓》演奏完了。每演奏一种器乐，师徒二人，便在一起交流心得。师傅说，《十番锣鼓》看起来热热闹闹，简简单单，实际上是最体现串堂人基本功的，串堂人玩器乐，玩几种，能玩到什么程度，坐姿、手势、轻重、快慢，内行人一眼就能看明白，串堂人骗不了人，别人称你一声师傅，不是那么容易的，要你十年二十年的磨砺。禧年扑通一声，跪下去，说："师傅，我还想跟您再学几年，会好好孝敬您的。"师傅说："师傅老了，也教不了你什么啦，我会的都教给了你，你自己去吧，人总要出去，走出去，有了见识，人才会长大，才会有自己的学养和声誉。"禧年看着师傅，泪如泉涌。师傅的胡子都白了，脸上多了黄蜡蜡的皱褶。师傅藏青色长褂，遮在膝盖上，有很多慈悲的意味。师傅说，有适合的，找个老婆，没有家便没有艺，艺需要家的滋养。"师傅，您说的话，我不敢忘记。"禧年已经泣不成声。

禧年在屋后的竹子林里，吹了半夜的长箫，反反复复地吹《泛沧浪》，呜呜咽咽，江水凝固，似大雪飘飘洒洒，遮蔽了浩渺的江面。他来来回回地在院子里、在菜地，走来走去。第二天，师娘颠着小脚，一路走一路送，泪眼婆娑，说：“你是师傅的徒弟，却是我的儿，你也常回来看看你师傅。”禧年身材魁梧，相貌堂堂，只是从来没走出过这个高大巍峨的灵山。他背着道观出来时的包袱，包袱里，除了衣物，还有一个檀木木鱼。他摸着木鱼，泪水再次夺眶而出。

禧年无家无栖，在信州，饶州一带，跟了十余个串堂班学艺，又学了八年。

串堂班是演奏串堂音乐的民间乐社，以坐奏器乐为主，也称串坐班。串堂音乐是一种民间吹打乐，常见于农村婚嫁寿诞、社火庙会、迎神祭奠、求雨祈福、造屋驱巫等活动，产生于弋阳腔之前（弋阳腔最迟产生于元代后期），信州（现上饶）是其形成并发展的中心，其流行于信州、饶州、鄱湖湖区、南徽州、闽西、浙西北一带。

有一年，梅禧年都三十多岁了，在郑坊唱串堂，被“中华革命军”抓了起来，说他是“赤匪”，利用走村串户唱串堂的身份，做赤色宣传。因说情的人多，又查无实据，关押了半年多，被一个乡绅赎了出来。乡绅姓周，参加过前清乡试，爱才，爱戏，见梅禧年俊雅，尢乡野气，便把十七岁的女儿，嫁给了他，在饶北河边置了前院中堂后厅的房产。乡绅女儿叫周颜颜，豆蔻之年，花苞欲放，十分可人。梅禧年开班结社，取念想灵山青峰堂之意，名念山堂，广收生徒。

结社三年，开社的第一场串堂，便是《十番锣鼓》。《十番锣鼓》是串堂的经典曲目，表演的器乐达三十余种，铜鼓、板鼓、大

罗克中
作

锣、马锣、齐钹、内锣、春锣、汤锣、大钹、小钹、木鱼、竹笛、云锣、扬琴、梆子、笙、琵琶、提胡、铙钹、曲笛……以锣鼓段、锣鼓牌子与丝竹乐段交替或重叠进行为主要特点，据所用乐器不同，可分为清锣鼓和丝竹锣鼓两大类。梅禧年表演的是丝竹锣鼓，曲目是笛吹粗锣鼓曲《万花灯》。开社前三天，梅禧年便向方圆十里有脸面的人，发了请柬，递了墨函，备好了烟茶糕点。春寒已消，树木流翠，饶北河从山弯转来，吞泻而去。在自家的院子，宾客依两边相向而坐，社人围中间长桌而奏。梅禧年戴栗色圆帽，着一袭长白大褂，胸前配一朵蔷薇花，手握木鱼登场。嗒，嗒，嗒。锣鼓，哐哐，哐，哐哐，哐，哐哐，哐，哐，哐，敞亮、高阔的锣鼓声紧随而来，似有万条河流在锣鼓里翻滚，大锣小锣，齐声响。笛声潺潺，如雨水滴落瓦檐，柔和，沁人心脾。笙箫则高亢，似山鹰在山巅盘旋呼叫。大钹小钹嘁啴嘁啴嘁啴，像是窗外有一群快马经过。其间有铃铛，叮叮叮响起，时而急促，时而舒缓，悦耳。最后则是琵琶。梅禧年轻轻地踮起脚尖，上身前倾，右手时而狂蛇舞动，倏然敲一下木鱼；时而似水波荡漾，悠然间，嘟，击一下木鱼。他晃着头，微微地闭上眼，在击打木鱼的瞬间，眼睛睁开，有了澹澹之光。他的脸，一会儿如莲花绽开，一会儿如明月幽闭。

一曲终了，梅禧年衣裳全湿。

在饶北河流域，念山堂无人不晓。这一年，梅昌盛出世，属龙，梅禧年以“龙耳亏聪，故谓之龙”之意，给儿子取“聪”作字，又以谐音做小名，叫土虫，以示贫贱的孩子长得安康。

土虫长到七岁，随父亲走村表演串堂。哪馍（木鱼的方言）、叫花板（竹板）、铙钹、小锣、梆子，样样能上手。九岁，能唱六折戏文。这一年，他妹妹出生。十一岁，土虫坐堂拉胡琴。这一年，梅班主发生了变故。立秋之后，有一个人下了两根金条的订金，请念山堂去湖州吴兴县一趟，做一场祝寿活动。梅班主从没见过金条，但知分量，说："祝寿可请戏班，我们唱串堂的唱不了戏文。"来客是一个四十多岁的人，骑来的马，体肥膘壮，白如冬雪。来客说，请柬上，写了寿期、地址，你们要提前半个月出发，我们自会好好款待你，祝寿结束，还有两根金条，来往盘缠，另外付你。梅班主看看请柬，落款是吴兴褚府。

为这个祝寿活动，梅班主整整准备了两个月，预备了十场串堂戏：《满堂福》《麻姑上寿》《郭子仪上寿》《穆桂英挂帅》《十番锣鼓》《八仙飘海》自是不必说了，还准备了《梁祝姻缘》《还魂记》《窦娥冤》《白蛇记》。人马也是精心挑选，挑选了十八人，其中四人作预备。念山堂社员，都是当地农民，白天干活，晚上习艺，农忙干活，农闲习艺，粗布蓝衫，指粗皮糙，打双赤脚坐在堂前拉胡唱曲。梅班主给每人缝制了长褂衫，买了戏靴，备了咸鸭蛋、霉干菜、腌辣椒、霉豆腐等路上干粮菜。

串堂的形成，有漫长的历史，唐朝贞元元年（785），朝廷在信州永平建宝峰场，开采铜矿，铜业广泛发展，铙钹、铛锣、唢呐等铜制乐器在民间广泛使用。九州人员大量汇聚交杂，带来不同的音乐形式，交汇渗透，至南宋迁都杭州，信州是南方次文化中心，民间音乐逐步形成了打击乐队和吹鼓乐队，后与宋元戏曲结合，有了独特的民间乐社串堂班。串堂音乐是多种戏曲、乐曲融合的一种民间音乐表现形式，剧种有赣剧、徽剧、京剧、采茶剧、越剧、黄梅剧等，形式多样，灵活多变，乐队可分弦索、丝竹、丝竹锣鼓、吹打、锣鼓乐类、唢呐等。梅班主精心准备的，还有《十番锣鼓》《满堂福》。

到了湖州，距寿期还有五天，去了二十个人，病倒了四个。住店下来，问褚府在哪儿。店家问，去褚府干什么。梅班主说，是给褚府祝寿，唱串堂。店家听了，便把钱退还给梅班主，说店小，住不了大阎王。住了三家店，都如此。梅班主心里有数了，可能褚府的人是当地的恶霸。吃饭时，梅班主打听了，褚府主人，系汪伪政府高官，是个大汉奸，在方圆百里，根本请不到戏班。念山堂的人，一夜未眠，大家商议要不要给大汉奸祝寿。有人说，我们不做汉奸，给汉奸唱串堂，是万万不能的。也有人说，钱不分汉奸还是良民，唱戏拿钱，我们唱完就走。又有人说，我们拿着钱回去，不唱，金条也是汉奸讹诈来的。还有人说，我们连夜回去，把钱给还他们，盘缠都没了。梅班主最后说，这是大家的事，我是班主，我定了，去褚府唱串堂，万万不能，留一些盘缠，你们回去，明早就回去，我一个人去褚府，要杀要剐，我都要去，给汉奸一个明确的答复，你们荒了两个月种田种地的时间，我个人做些补偿。大家见班主这样说，也说，我们听班主的，补偿是万万不可以的，我们回去会给家里交代，给村人交代，我们不做汉奸。田墩说，我留下来，陪班主，也算有个照应。田墩不是念山堂的人，是个二十多岁的挑夫，身体强健，力大无比，是村里周家老七，也就是黑罐的祖叔父。

两人睡了一天，第三天，去了褚府。褚府是个大院，高高的门楼，很是挑眼。梅班主走在前面，田墩跟着，背一个包袱，进褚府，搜了身，被一个穿蓝衫的妇人领进去。梅班主见了管家，说：“串堂班的人在路上，一个个病倒了，过了金华，人又返回上饶了，唱不了串堂，请罪来了。”管家五十多岁，瘦瘦的却敦实，穿绸缎长褂，眉毛粗，手腕粗，手指粗。管家说：“你们不能以唱不了来了结。”他叫人把梅班主关在厢房，派人守着，吃喝也供应着。第二天早上，一个四十多岁的人，脸饱满，俊雅，头发油黑，皮肤雪白，手掌肉厚，手指长，坐在偏厅的太师椅上，喝着茶，斜斜地看了梅班主一眼，说“真的唱不了？”嗓音由弱而强，很逼人。梅班主应了一声：“是。”“我是唱昆曲的，看你有一双好手，也是一块好料子。”四十多岁的人说。梅班主说：“我回头把两根金条送回来，串堂确实唱不了。”“金条你也不用还了，戏你也不用唱了，剁你三根手指，算是了结，接下的活干不了，留着手也没用，你的嗓子也没用。”四十多岁的人继续说。梅班主一言不发。

管家派人把梅班主押解到后面的杂院里，灌了一碗汤药给梅班主喝，用剁肉刀剁了右手三个手指。回到家，已是一个月之后了。沿途讨饭回来，田墩搀扶着班主，风餐露宿，班主完全变了人形，枯槁如麻，脸瘦得像块鞋垫。在家躺了一个多月，才能起身下地。他的嗓子完全变了音，说起话来，像鸭子叫。他把念山堂解散了，再也不唱串堂。他开始挑粪种地，高大的身子已经有些佝偻，似乎大风能把他刮跑。每天晚上，他把师傅的木鱼拿出来，嘟——嘟——嘟——不疾不徐地敲。他坐在厅堂，打开门，一个人敲。大门正对的，是黑魆魆的灵山。灵山在夜光中，沉默，深邃，像一条死而不朽的鱼。山顶上，有一个颓圮的道观，坐落在一个溪涧潺潺的山缝里，门前有两个大圆石，夜晚的木鱼声，从来没断过。道观下，是一条荆棘丛生的山路，春天的时候，路边开满了黄色的毛茛花，阳光下，有一层金粉般的光泽。山毛榉上，在中午，有叽叽喳喳的山雀，飞来飞去。早晨，有白白的云层铺在山梁上，丝絮一样慢慢缠绕在树梢间。一只宽大的手，一直拉着他，走了半天的山道，到了道观。那年他十一岁。他上山时穿的那身衣服还留着，压在箱底里。破片一样的衣服，斜襟，完全发白的靛青色。陶玉银师父葫芦形的脸，白黄瓜色，长长的眉毛像蜻蜓的翅膀。夜晚，他常常哭醒，陶师父拍着他的背部，哄他。山鹰到了半夜，哇哇哇，尖利地叫，像个不散的冤魂。有一次砍柴，苦竹的根刺进了他的脚板，他下不了山，陶师父背了他十三里的山路，下山包扎。养脚伤的时候，他开始学敲木鱼，嗒嗒，嗒嗒，嗒嗒，嗒嗒。他十七岁那年深冬，陶师父便走了，再也没人给张师傅送米。一个月送一次，送了三年多。陶师父怎么走的，他也不知道。他到了道观，见陶师父和衣而卧，那么安详。他坐在床榻边，守了三天三夜，不吃不喝，无眠无休。这么多年，他住在饶北河边，抬头一望，灵山便扑涌而来，冬天有厚厚的积雪，皑皑如银光闪闪，夏天的黄昏，阳光在大地沉陷，灵山却浮起金色的海浪。对他而言，那是一座神山。即使是漫长的雨季，葱郁的山梁也像一个怀抱。他经常呆呆地望着灵山，直至双眼涌出冰凉的泪水。如果没有遇见这个仁厚的道士,他不知道自己会在哪里,是不是还存活在这个世界上。

木鱼,和竹板一样,都是世间最简单的乐器。梅禧年只要敲起木鱼,心便安静了下来。他买来各种体形大小的缸瓮钵碗盆,用茶树制作的小棒槌,沿着器物不同的部位敲。不同器物、相同器物不同部位的音质音色,也都不一样。反反复复敲了一年。他对儿子土虫说,发现身边日常器物的音质音色,并把这些音质音色敲打出来,编成曲子,是一件很有意思的事情。土虫三岁开始练功,深得父亲真传。在土虫弱冠之年,他的技艺已蜚声饶北河流域。

土虫像他年轻时的父亲,眉宇俊朗,脸像一朵向日葵,山羊一样结实,特别是说话的语气,慢声慢调。一九五一年初,上饶地区文化部门的人,来乡村选优秀的串堂人,到了禧年家见了土虫。禧年说,念山堂解散很多年了,优秀的串堂人,这一带都没有。文化干部说,进京献艺,可是几辈子的荣誉呀,选上了,也是地方的光荣。禧年说,我嗓子和鸭子嗓子差不多,见不得人,土虫没登过台,年纪小,怕会尿裤裆。文化干部走了,土虫责怪父亲,怎么不让他试试,木鱼、琵琶、二胡、赣胡、笙、笛,都可以试试身手。父亲说,表演得好,是地方光荣,那表演不好呢?我们是种田种地的人,把田地种好,才是本分。土虫说,学艺就是要展艺,艺不展,花不开,多没意思。父亲说,我看了曲目便不让你试了,你知道是什么曲目吗。土虫摇摇头。父亲说,都是指定的曲目,你练过吗,我们是传统的串堂人,思想老旧,干不来的事千万别干，干了会坏事，明天捡好衣服，去山里修水库。

一九五七年，土虫结婚的第三年，生了儿子明亮，也就是老金。土虫的老婆是饶北河对岸张氏家族张登临的小女，叫凤仪，身材小巧，眉目清秀，青豆一样饱满，读过几年书，贤淑温良。老金两岁时，“反右运动”像暴风雪一样席卷了饶北河。梅禧年曾经被关押。关押地点是山庙，两个民兵日夜看守。山庙在一个山坳盆地里，正值开春，山坞里的梨花开得如千堆雪，杜鹃花艳艳地在山坡上燃烧。梓树发了幼嫩的绿叶，稀稀拉拉，缀在枝丫上，却有一种蓬勃的春意。盆地覆盖着一层野草，也都开了花，有野菊，有葱兰，有叶子梅，有迎春，地边的木荷和含笑，也挂满了白色的花。梅禧年想起了灵山的道观，想起了青峰堂。青峰堂也有这样的春天，梨花桃花还没完全凋落，柚子花便接踵而至，蜜蜂嗡嗡嗡，像时间的导航员，准时降落在院子里。平缓的山坡两边是油绿的菜地，山泉从山崖飞溅下来，沿山沟一直流到院子后的石潭里。从十四岁开始，他每天用木桶从潭里挑水，把两个水缸挑满，一满缸要用三担水。十五岁那年，他捉了两条花斑鲤鱼，半斤多重，一直放养在潭里，直到他离开青峰堂，两条鲤鱼依然悠游。在他成婚后的第三年，师傅故去了，过了一年，师娘又故去了。师傅故去的时候，也是冬天。那年冬天特别冷，雪一直在下，碎碎地下，铺满了山坡，乌鹊紧缩在屋檐下的柴垛上。白茫茫的世界。事实上，那里的冬天每年都很冷，冬至过后，山风呼啦啦地被一只巨大的手拽着跑，把屋顶的瓦吹翻，把深夜的屋檐水吹成透明的冰凌，大雪很快来了，青峰堂的人坐在屋里，烤着炭火，喝着红薯酿的酒。师傅临终时，他是一直守着的，彼此握着手。师傅的脸像一张磨损的木鱼，干硬，却有时间的包浆。师傅那么平静，是的，师傅一生做过多少法事，超度了多少亡魂，唱了多少生死离别的戏，是谁也无法知道的。他握着师傅的手，直至掌中的手冰凉，像火慢慢熄灭，被冰盖上。这是他生命中最重要的一个人，眼睁睁看着，犹如被大海淹没。

山庙始建于明代，几经损毁几经重建，最后一次重建，是清光绪年间，但早已破败，守庙的人在十年前，已无去向。虽破败，但格局仍在，有高大的围墙，有前后殿，有偏房，有生活用房，占地十余亩。庙院里，野生的油桐长出了蒲扇般的叶子，粉紫粉白的花散发出一种腻腻的油香味。据说，泡桐花是一种花期极其短暂的花，花瓣一片片地被风吹落，要不了一天，便枯萎了。院墙上的野蔷薇，却一季接一季地开，猩红色，疯狂，灿烂得毫无节制，像永无知足的欲望。在山庙住了十来天，土虫也每天上山陪老父亲。山庙离村子有五里多路，吃饭也都是家人提一个篮子送来的。梅禧年的手，已写不了字，右手缩在衣袖里。梅禧年对儿子说，我来说，你来写吧。土虫展开纸，写了满满二十三页。他写到了他父亲印象模糊的家乡，无处安葬的祖父祖母，九死一生的战乱……写了整整两天两夜。写完了，梅禧年吐了一摊血。土虫也是边写边号啕恸哭。

村里一起被打成右派的还有三人，分别叫邓大友、李可林、周笑宝，之前的身份分别是老师、药铺掌柜、书画装裱师，都是五十挨边的人。大队部做出决定，把四人留在山庙，开垦山地种红薯玉米，为人民公社增产增粮做贡献。六年之后，土虫才知道，这是大队部对他们几家人做的最好的保护。

土虫向大队部申请，全家迁往山庙，随父亲一起改造思想，开荒种地，确保向大队部每年上交一百担红薯，一百担玉米棒，为大队农业生产做最大贡献。大队部也同意了，也不派人监视，但每个星期，必须向大队部写思想汇报，大队部也会对开荒种粮工作，不定期抽查，学习毛主席思想不能放松，每天都要学习《人民日报》。山庙围墙上，刷满了石灰标语。

山地肥沃，气候湿润，水源充足，适合农作物种植。年年都超额完成任务，但饥饿还是难以抵挡。山庙由土虫老母烧饭，粮食却是大队部派额定量，一年也吃不上几斤肉。土虫用废弃的铁丝，编了二十几个老鼠笼，放在庄稼地里，逮老鼠吃。山地鼠多，危害庄稼，灭鼠还可以减灾。山上树多鸟多，他去摸鸟蛋。也去捉蛇捉蛙吃。山野清寂，晚上，土虫带着小孩练习器乐，教小孩识字。一九六四年冬，梅禧年故去。死的时候，手里还拿着《毛主席语录》。《毛主席语录》到他手上才三天，他已经没有力气去读了，只是紧紧地捏着。那年，老金七岁。几十年之后，老金还依稀记得那个下午，乌鸦已经叫了两天了，在光脱脱的梓树和梨树上，呜啊呜啊呜啊，叫得很悲凉，雪一层层地筛下来，把整个山庙都盖了，老金奶奶搀扶着祖父躺在平头床上，他人瘦得像个骷髅，头发全白，牙齿死死地咬着嘴唇，奶奶也没哭，人各有命，谁会想到祖父会在山庙里走了，半生走南闯北的人，唱了半辈子串堂的人，最后三年连话也说不了一句，声带全毁，下葬时，一个吹喇叭的人都没有。

我是见过老金父亲梅昌盛的。这个小名叫土虫的人，到了一九七六年才从山庙搬回饶北河边住，回到那个有大天井的院子里。他死时，我已经十岁了。我和玩伴去河里游泳，捡螺蛳，捉鱼虾，都会去他家玩。他有一个小我九岁的孙子，叫梅远山。听说，这个名字还是梅禧年取的。梅禧年曾对儿子说过很多次，第一个孙子叫远山，第二个孙子叫远峰，第三个孙子叫远梨。说这话的时候，土虫还没结婚呢。我们去他家玩，候着远山的母亲给我们枣子吃。土虫家种了五棵枣树，每年都晒红枣。土虫死于出血热。正是大队夏收农忙季节，晚上发热，家人以为他中暑，用艾酒擦了身，喝了“十滴水”，第二天，还是低烧，又喝了梅干汤和“十滴水”，仍不退烧，请了大队的赤脚医生来。医生叫长鼻壶，用听诊器听了听，量了血压，说，有寒有热，血压偏低，感冒后又中暑，吊了三瓶葡萄糖盐水。到了晚上，土虫的脸部、颈部、胸部皮肤有红斑，浑身疼痛无力，眼部浮肿，到了凌晨，人已经昏迷。长鼻壶吃了粥，上土虫家，翻翻土虫眼睑，查看了腋窝、胸背部，对凤仪说，准备后事吧，来不及了。凤仪说，到底是什么毛病呢？长鼻壶说，急性出血热。老金架起板车，往公社医院送，进了医院，医生叫他拉回家，说，人都已经没气息了。不知道土虫临了，是不是还会想起他父亲的告诫：“好好活着，多生儿子。”他终不能达成父亲所愿，五个小孩，儿子却只有一个。

即使现在，老金说起长鼻壶，仍然是百世仇恨的语气：“一个庸医，打赤脚的庸医，他摔死活该。”长鼻壶和一个邻厢妇女偷情，被女人老公捉奸，他从阁楼窗户爬楼梯下来，黑漆漆，慌张张，一脚踏空，人摔下来，头落在磨刀石上，当场脑浆迸射，死的时候六十七岁。

我是常常能见到老金的。春节前后，村里的喜事特别多，归屋（乔迁），做花粉（嫁女儿），讨生妇（娶亲），在厅堂，摆开八仙桌，吹吹打打的人围满了桌子。他是坐在上座的那一个，即使他不吹不打不唱，他也坐那儿，摇头晃脑，微微地闭上眼睛，毛竹兜的烟斗放在茶杯边上。他鬓发发白，头发毛像松针，穿毛楂结打扣的短褂，右脸的表情肌每过几分钟会不由自主地往上抽动一下，额头因干硬而显得扁塌。三十来岁时，大家就叫他老金师傅了。过了四十岁，他从汗衫衬衣中山装改穿毛楂结打扣的短褂，短褂有各种颜色和布料，脚上的鞋子是一直不变的，黑低帮圆头布鞋。他常说起他父亲梅昌盛。他说："我父亲其实一辈子没在串堂班唱过串堂，只是小时候跟班替补，大场面是见过的，他手上的功夫，四十多年没断过，胡、琴、笛、锣，很精。""文革"时，大队部成立了宣传队，土虫穿一件军装，戴军帽戴红袖套，胸前佩戴毛主席像章，在小学，在修建河堤的工地上，在农忙收割季节的田间，倒是唱了很多年的快板。快板的曲目是由县革委会统一改编的，编辑成小册子，发到大队部宣传队，由公社宣传队派人指导，日夜排练。一九七五年夏，大队部还排过《龙江颂》的样板戏，在大队礼堂，排了八个月，演了好几场，还被推荐去县革委会演出，却一直没去成，过了几个月，演出队便解散了。土虫是收过一个徒弟的。那时还住在山庙，老金十五岁。一天来了两个从陈坑路过山庙讨饭的人，一老一少，安徽口音。老汉六十多岁，小女孩十岁。老汉说，村里年年发水灾，村里住不了人了。土虫见小孩饿得可怜，收留了两天，小孩竟然舍不得走。土虫便对老汉说，收下小女孩，当养女，以后你想小孩了，也可以把小孩领走。老汉也同意了，说，跟着我，迟早也饿死，跟着你，会有一条活路。五年八年，老汉再也没来过。这个女孩，后来成了老金的老婆，叫金枝，蜂腰肥臀，葡萄眼石榴牙，俊俏如花。金枝跟土虫足足学了八年的唱功，古筝胡琴，演奏起来，颇有风范。

一九八六年二月初二，老金邀了村里六个爱器乐、年龄又相仿的人，到家里吃饭，说，现在结婚时兴坐花轿，山庙又有了和尚，吹喇叭的人都被请去做喜事了，我们组一个串堂班，也会有人来请的，唱串堂，比砍柴卖轻松，挣钱也不会比砍柴少。在座的人，应承了，说，这是好事，吃这碗饭，长远。每天晚上，七个人便聚在老金家，练习唱串堂，吹吹打打，哼哼唱唱，好不热闹。看的人，也围满了厅堂，都是一些妇人、老人和小孩。妇人听得动情处，泪水不听使唤哗哗直流。过了两年，老金便去接唱串堂的业务。串堂班没有名字，也不仅仅限于唱串堂，吹喇叭、敲锣鼓等业务也接。老金在马路边，挂了一块木牌：中蓬乐队，有事找老金。又过了一年，业务实在太多，七个人干脆把田外包给别人种，一亩田净收一担谷，专职唱串堂。又过了两年，木牌换了：饶北河串堂班，联系电话 0793×××××××，老金。村里有小学初中毕业的孩子，爱串堂，便拜老金为师，加入串堂班。老金前前后后几年，收了十三个孩子，男女都有。说是拜师，可老金一分拜师钱也没收。他有一个想法,选几个好苗子,又能吃苦,创一个在饶北河有影响的串堂班。老金在河边,用土砖砌墙,盖茅草顶,搭了一个两百多平方米的茅草房,供大家早上晚上练功。墙上挂了二十多面长镜子,练功的人都要对着镜子练,拉二胡,弹琴,吊嗓子,敲木鱼,都不能出现随意的姿势。老金说,长时间保持正确的姿势是练习串堂的必修课。

老金的阁楼,有一个樟木箱,箱子里有三十多本书。老金把书翻出来,逐一细看。这些书,他从十一岁开始,就细看了,有的书,还能背下一大部分。这是串堂剧目本,和一些关于戏曲的书。是他祖父留下来的。还有几个剧目,老金能唱,却没有书,都是祖父父亲口耳相传下来的。老金花了三年时间,把这几个剧目编写出来。他还把流传在饶北河的民间小调、鼓曲、笛曲、山歌,编写出来,装订成小册子,用油布包起来。

有一年,省里一个音乐家,到饶北河采风,也做民间音乐调查,到了饶北河,去了老金家。看了老金家传的器乐、剧目本、收集的民间音乐资料,连连向老金拱手作揖。音乐家六十多岁,头发银白,面堂圆润,很有风采。老金从阁楼里,取下祖父"念山堂"的匾额,匾额的木板是武夷山的血紫树(红豆杉)老根板,长两米,宽一米二,字是铜水鎏金的魏碑体,粗犷磅礴。陪同音乐家来的县文化干部说:"你可以再把这块牌子挂起来,这是一块金招牌。"老金说:"我是一个讨生活的人,怎么可以挂这样的招牌呢,每一个大师傅,都有他的时代,我的时代就是庸庸碌碌讨生活,何况我离大师傅还远着呢。"当晚,在场院里,挂起四个大汽灯，饶北河串堂班表演了一场《十番锣鼓》。

《十番锣鼓》全套联排《寿庭候》《下西风》《翠凤毛》《万花灯》《大红袍》《喜元宵》，以开场锣鼓、拾景、借扇、耍孩儿、拾袈裟、四合、如意、曳不断、踢球、芦花荡、龙尾鼓等曲牌连缀而成。老金着白长褂，登戏靴，面目朗朗，器宇轩昂。他手托木鱼，慢步登场。嘟，嘟，嘟。锣鼓开场便飞沙走石，狂风掠起；古筝尾随而至，翻江倒海，骇浪惊天；笛声破浪而起，跃上云霄；唢呐长啸四野，惊泣鬼神；二胡群马奔蹄，尘沙蔽日；铙钹急急如令，催魂逼魄；木鱼声声，激越扬抑，像大海中的帆。笙悠然而起，如月光洒落，大海安静了下来，轻轻浪涌，和风习习，击岸的浪声像摇篮曲。老金泪流满面。二十年了，这是他第一次表演《十番锣鼓》，也是他人生第一次。他排演了多少个日夜，他已经不记得了，排演的人三五年会更替一两个人，有的人都已经不在人世了。他父亲，习艺一生，却从没正式表演过，从没作为串堂班里重要成员出现过。老金泪流满面。音乐家也泪流满面，他说，在鄱阳，在万年，在婺源，都看过《十番锣鼓》，却没看过比这个更惊心动魄的，摄人心魂，曲目完整，乐队丰富，功夫扎实，感情充沛，这是串堂音乐留存的活化石。县电视台的人全程拍了下来，送到市台、省台播放，老金梅明亮声名鹊起。平时外出做《十番锣鼓》，老金只做其中的《擒锣》或《清钹锣鼓》或《急急风》或《十八六四二》或《七记音》，气氛热闹，没想到，全套《十番锣鼓》竟然是在自己家里表演的，也算是对祖父父亲最好的告慰了。

串堂班能精通二十折串堂的人,寥寥无几,老金还有二十几折串堂,要传授下去,亟须选拔新人,从十三四岁开始训练。可再也没人愿意学。学串堂,没八年十年的苦功夫,拿不出手,老班底的人,年龄都四五十岁了,记忆力跟不上,手脚也不灵便。老金的两个儿子,学了十几年,都不再习串堂,各在县城安了家,一个开铝合金店,一个开馆子。远山丢下串堂,去做铝合金门窗,被老金恶狠狠地骂了一个晚上,说:“祖上留下来的东西,就这么扔了?守不住串堂,你就是梅家的孽。”远山说:“唱串堂,一年也就挣五六万块钱,怎么养家糊口,我的孩子以后还学串堂,穿村走户,背一个包袱,有意思吗?”“没意思,那样的话,我们梅家太失败了。”老金再也不说了。“听串堂的,都是你们这些老年人,年轻人谁听呀,电视里,什么戏都有。您保重身体就可以了,串堂传得下去传不下去,和您没关系。”临出门,远山骑上摩托车,载上老婆孩子,油门突突突,转过头,又这样对老父亲说了一句。老金怔怔地站在门口,看着一溜烟而去的儿子,心里有说不出的凄凉、难受。

但还是有人来学串堂的,是个腿脚不方便的人。脚疾不影响坐堂演奏。也有文艺学校学生来学,一个星期来一次,星期五傍晚来,在老金家住两夜,学两天两夜。老金收点伙食费,自己外出唱串堂了,由金枝教。有时也把学生带去,见识一下登堂演奏。学生都叫他大师傅。他乐呵呵地笑,像个小孩子。

后记：漫长年代的记忆现场

二〇一四年冬，我去郑坊镇西山村看我大姨，大姨年迈，和残障的表哥生活在一起。大姨父故去多年，生前是制陶师傅。我去土陶厂走走，也算是对大姨父的凭吊。我少年时期常去土陶厂，看陶工干活——做日常生活器具。每一个陶工我都熟悉，每一道制陶的程序我也耳熟能详。可土陶厂已废弃多年，破烂的土瓮，坍塌的垄窑，烟熏的土砖，淤积在土里的炭灰，让我伤感。如今，陶工大多故去，活着的陶工已入耄耋之年。似乎我看到的土陶厂，是漫长年代的记忆现场。这次逗留，给了我很深的触动和深思。

从土陶厂回来，我便想写一本关于乡村文化的书。二〇一五年初夏，我去了贵州，作漫长的旅行，这个念头更强烈了，我几乎没办法控制不去想。乡村文化的发展，包含了复杂的社会因素，工业化对生活形态侵蚀的人性因素，当代社会演变的历史因素、体制因素。

土墙、青砖墙和瓦构建的木质房子，在二十世纪八十年代，以惊人的速度在消失，取而代之的是水泥楼房，这是乡村美学去古典化和工业时代格式化的重要表现。美学是文化的最高形式。随之而来消失的，便是传统的手工艺人，如染布师、做纸师、画师、乐师、箍桶匠、篾匠、木雕匠等。他们身份卑微，收入微薄，难以得到社会尊重。乡村的文化艺术，也淹没于滚滚红尘中，如地域性的舞蹈戏曲、宗教仪式活动、祭祀活动、庆丰收活动等。

从贵州回来，我把主要时间放在搜寻乡间的传统手工艺人和乡村文化人上，把搜寻的范围扩大到浙江、安徽、湖北、江苏，进入他们生活的场域，感受他们生活的气息。而我的写作原点，依然是生我养我的枫林村。

当然，我并不以常规的方法，去解读乡村文化和描摹手艺人或文化人的日常生活，我不想仅仅停留在文化的表面，也不会为此发出悲叹——我更多地着墨于当事人在历史演变中所遭受的挤压，我想从一个个具体的活生生的人身上窥视历史留在他们内心的暗影，辨析生活勒进他们肉身的绳痕，并以此找到个体生命在时代潮流中所沉积下来的印记。

写书的时候我有野心，我想把它写成“南方乡村文化百年演变史”。我像一个四方僧，披一件破烂的袈裟，行走在广袤而幽闭的乡野之间。我以田野调查的方式直接搜取我的素材。边走边记录，草叶的露水浸透了文字。我走遍了信江中上游的主要支流，去看古戏台、祠堂、大屋，看山川地貌，看乡村的文艺表演，和乡村文化人座谈。我的生活，也因此受到叙述对象的干扰。写赣剧演变史的《大悲旦》我酝酿了一年多，做了大量的案头，却迟迟不敢动笔。我上街接孩子放学、去买菜、逛书店、和朋友喝茶、睡觉时，“李牧春”会出其不意地来到我面前，和我“说话”，或“一言不发地看着我”，“她”成了我心里的一个影子。我知道，这一切都是值得的。当我着笔时，塑造的人物会跑到我纸上来，彼此“一见如故”。

我对待散文的原则，是不要把散文写得太像散文，而又不是其他文体。所以叙述视角和方式，大多属于“一反常态”，大部分单篇都以“多线叙述、多人物结构”展开，勾勒大时空下个体命运的悲欢。每一个出色的手艺人、乡村文化人，都有一本自己的“草民简史”。正是他们，让乡村成为我们的灵魂居所，而不仅仅是因为血脉之源，不仅仅是粮食喂养。

写这些文字让我再一次陷入疼痛。无言的疼痛。笔下的每一个人物，我能感受到他们急促的呼吸、微弱的脉搏和散淡的眼神。

令人振奋的是，在我书稿完成之际，中国提出了“振兴乡村”的发展战略。振兴乡村以振兴乡村经济和振兴乡村文化作为两轮驱动。振兴乡村经济可能会更容易一些，振兴乡村文化则需要更漫长的时间，甚至百年，但这样美好的一天，终究会到来。

2018 年 4 月 1 日